スター・ウォーズ　反乱者たち①

反乱の口火

JN242547

キャラクター紹介

ケイナン

悪の帝国に立ち向かう、反乱軍のリーダー。銃の名手。しかし、その過去は謎につつまれている。

エズラ

惑星ロザルに住む、14歳の少年。7歳の時、両親が姿を消したため、それからずっとひとりきりで生きてきた。

ゼブ

とてつもない怪力の大男。怒りっぽくけんかっ早いが、弱い者のために戦う、たくましい戦士。

サビーヌ

16歳の女の子。武器と爆発物のスペシャリスト。芸術の才能が豊か。

ヘラ

宇宙船ゴーストのパイロット。めんどうみがよく、人を元気づけるタイプ。

背面レーザー・キャノン砲塔
THE GHOST
ゴースト
反乱軍の宇宙船。帝国のセンサーをゴースト（ゆうれい）のようにみごとにすりぬけることから、その名前がつけられた。
CHOPPER
チョッパー
がんこで自分勝手、変わり者のアストロメク・ドロイド。かなり昔に作られたため、今では部品のほとんどが中古品。

尋問官

邪悪で得体のしれない尋問官。

スター・デストロイヤー

帝国軍が誇る宇宙戦艦。

帝国軍

ストームトルーパー

帝国軍の兵士。この装甲服を着れば、銀河中のどんな厳しい環境にも耐えられる。

エージェント・カラス

帝国保安局の法務執行官。反乱軍を追いつめるおそるべき敵。

スター・ウォーズ　反乱者たち①

反乱の口火

ミッシェル・コーギー・文
菊池由美・訳

角川つばさ文庫

はじめに

闇の時代。
銀河共和国の平和を守っていた
ジェダイの騎士たちは
姿を消し、共和国そのものも、
ほろびてしまった。

かつて、平和と正義の名のもとに
治められていた銀河系は、
今や悪の帝国の征服下にある。
邪悪な支配者によって、
人々は、恐怖と苦しみを
味わわされているのだ。

――ほとんどの者が、
自由への希望を失っていた。

Intro

【目次】Contents

パート1 惑星ロザル

パート2 宇宙へ、そしてふたたびロザルへ

パート3 惑星ケッセル

パート1

第1章 惑星ロザル

銀河系のはずれ、外縁部で商売をする者の間には、こういうことわざがある。

「ロザルの草原に行かざる者、いまだ緑の色を見ず」

つまり、この惑星ロザルの草原こそ、本物の緑色、ということだ。だが、エズラ・ブリッジャーは、そのことわざはおかしいと思っていた。エズラはまだ十四歳で、もちろんこの星から出たことなどない。だから、ほかの星とくらべることはできないが、ロザルの草は、金色にかがやいているように

見えるのだ。

　この星の陸地は、見わたすかぎり、どこまでも続く草原だ。こんもりとした丘や山がところどころにあるほかは、金色にそまった大海原のように、平野がはてしなく広がっている。

　エズラは海のように広がる草原のひとつを、*スピーダー・バイクの速度を上げて飛び、首都に向かっていた。スピードに胸がわくわくする。前髪がなびき、心臓がドクンドクンと音を立てる。まわりの景色が、みるみる後ろに流れていく。宇宙船が*ハイパースペースを超光速で飛ぶときにも、こんなふうに光の筋が見えるのかなあ、と思う。

　少し高速道路に乗ってから、宇宙港方面の出口で降りた。たくさんの輸送船や貨物船、旅行用のシャトルが、宇宙港に到着しては出発していく。いつの日か、おれも自分の船を操縦して、星から星へと旅をしていこう。ひとところに長くと

どまることはなく、自分一人で商売をこなす。広大な銀河を、たった一人でわたっていくんだ。

少しはなれた場所にバイクをとめると、宇宙港行きのスピーダー・バスに乗りこんだ。港の混雑は、日に日にひどくなっている。人間型種族もそうでないものもふくめて、エズラが名前も知らないような何十種類もの種族が、ターミナルの間を急いでいきかう。ターミナルから飛びたつ宇宙船の行き先は、魅力的な星々ばかりだ。コレリア、ライロス、それに、惑星全体が巨大な都市となっているインペリアル・センター。ホログラム表示板には、もっとめずらしい地名もならんでいたし、コマーシャルも流れている。最新のガーデニング・ドロイドから、帝国軍人を養成する学校、帝国アカデミーまで、ありとあらゆるコマーシャルだ。

宇宙港が活気づいている大きな理由は、帝国軍がロザルにふえつづけているせいだ。平らな翼の戦闘機、TIEファイターが空を監視し、白い装甲服に身をつつんだストームトルーパーが宇宙港や町をパトロールして回る。警備が整ったことで、ロザルが未開の地で

＊スピーダー　反重力装置を利用して、地面からうきあがって走る乗り物のこと。
＊ハイパースペース　宇宙船が超光速で移動するときに入る、超空間。

あるというイメージがうすれた。そして、この星に魅力を感じた金持ちの帝国市民たちがやってきて、商売をはじめたり、新たな事業を起こしたりするようになった。今ではバカンスをすごしにやってくる者までいる。

帝国軍のせいで、エズラはいっそう注意しなければならなくなった。スリなんてケチな罪でも、つかまったら帝国のろうやに入れられて、何年もどれいのように働かされるかもしれないからだ。

つまり、宇宙港のように警備のきびしい場所では、なるべく目立たないようにしていなければならないということだ。エズラはバックパックを肩にかけると、ふつうの旅行客のふりをして、人ごみの中を歩きながら、えものをさがしていた。

いくら金がほしくても、ねらうのは金持ちだけと決めている自分を、エズラはほこりに思っている。ロザルでは、金持ちといえばたいていが帝国のやつらだ。コムリンクか士官バッジをかっぱらって質に入れれば、一週間はじゅうぶん食いつなげる。

「エズラ・ブリッジャー？」後ろから声がかかった。「よし、見つけたぞ！」

小さな手が三本のびてきて、バックパックのひもをつかみ、人ごみの中からエズラをひつぱりだした。十六本の脚と小さな羽をもつ、イモムシ型のルーリアンという種族の男だ。エズラの目の前で、トンボのような大きな目をぎょろぎょろさせている。

エズラは顔をしかめた。「やあ、スリス」

スリスのあごがカチカチと音を立てた。この種族特有の笑い方だ。

「ぐうぜんだな！　ちょうど、今回の仕事にはおまえの才能がうってつけだと思っていたところだ」

「おれは他人のために働いたりはしないよ」

「いや、エズラ」スリスは羽毛のような触角で、エズラのほおをなでた。

「話を聞いてみろよ。ちょっとかっぱらってくるだけの仕事だ」

エズラは気持ち悪そうにあとずさって、触角をよけた。

「この前あんたがそう言ったときには、もう少しで帝国のおとり捜査にひっかかるところだった。ごめんだね」

「だが、それで手に入る金額を考えれば――」

スリスは、はげしくせきこんだ。円筒形の体から、毛がぬけおちていく。体には、見たこともない黄色いはん点ができていた。

「具合でも悪いのか？」

「それならまだいい。別の治療を受けられなければ、もう長くはもたないだろうよ」

エズラはルーリアンという種族にくわしくはなかった。知っていることといえば、ある年齢になると、体の周りにまゆを作り、イモムシ型から美しい羽のチョウ型に変身するということだけだ。変身後の生活は、楽園にくらすようなものとみなされていた。ひたすら食べて、つがいとなる相手といっしょに、ピンク色の川のほとりを飛んでいるだけでいい。だがスリスにとって、それはおそろしいことだった。川岸を飛びまわるだけのくらしになったら、盗品を売り買いしてもうけられなくなるからだ。長年の間、スリスはさまざまなぬり薬や飲み薬を使い、特別な治療を受けて、変身をくいとめてきたのだ。

「なんだか知らないけど、薬のせいで病気になったんじゃないのか」エズラが言った。

「病気のほうがましだ」スリスが答えた。

「死ぬわけじゃない。あんたの種族がみんなやってることじゃないか。好きなだけのんびりできるし、生活の苦労もなくなるだろ」

考えれば考えるほど、変身して美しい羽をもつのがそんなに悪いことだとは思えない。

「だが金が、金の問題がある。金持ちにはぜったいになれない――」スリスはまた、せきの発作におそわれた。

「じゃあな、スリス」エズラは立ちさろうとした。

「残念だ」スリスはなんとかせきをおさえようとしながら続けた。「おまえの技は芸術的だ。だれよりもスリの才能がある。おれの若いころよりもな。だがおまえときたら、頭がかたすぎる」スリスがためいきをつくと、触角がたれさがった。

「だれか、ほかのやつにたのまないといかんな。ヘルメットをかっぱらう仕事をやってくれって」

エズラは足をとめた。「ヘルメットを？」

スリスはふたたび弱々しくせきこみ、手に持ったメモを見せた。

「おれが手に入れたリストによれば、アカデミーの新入生用のヘルメットだ」

「つまり、ストームトルーパー*のヘルメット？」エズラは興味をそそられた。

*ストームトルーパー　白い装甲服を着た、帝国軍の兵士。

「どこにあるんだ？」
スリスは体をぴんとのばして立ち、あごをカチカチと鳴らした。もはや、せきは止まっていた。

ときおりやってくる帝国パトロール兵に気をつけながら、エズラは宇宙港の通路をこっそりと通りすぎた。49番ベイにぬける非常口にたどりつき、バックパックに入れておいた、*アストロメク・ドロイドの腕を使ってかぎを開ける。なかなか便利な道具だ。着陸ベイにしのびこむと、帝国アカデミーの生徒たちが、帝国の輸送船から、食べ物や洗剤や新しい装甲服といった荷物をおろしているところだった。リステという名の太った男が、もっと早く運べと生徒たちにどなっている。エズラは、このリステと何度かもめごとを起こしたことがあった。

スリスは、帝国の連中はあと30分はやってこないから、着陸した輸送船にちょっと入ってヘルメットの袋をいただき、さっと逃げりゃいいと言っていたが、どうも見こみちがいだったようだ。とはいえ、つかまるかもしれない状況でも、エズラは逃げなかった。

エズラの直感が、ここにとどまるべきだと告げていたのだ。そういった感覚を、エズラはなによりも、だれよりも信じていた。直感はいつも、金のたんまり入ったポケットのありかや、危険な状況をきりぬける方法を教えてくれた。エズラは、その直感にしたがい、ドラム缶の後ろにかくれてチャンスを待った。

すると、リステが生徒の一人を列からひっぱりだして、がみがみとしかった。そのすきにエズラはぱっと飛びだして、生徒のかわりに列に加わり、輸送船にしのびこんだ。

「ねぼうしちゃってさ、制服をわすれたんだ」まわりの生徒たちに小声でいいわけをする。

「船に一着あまってないかなあ。リステの罰を受けたくないんだ」

「分かるよ。おれなんか、次に罰点をくらったら、ケッセルのスパイス鉱山送りだっておどされているんだよ」生徒の一人が言った。

＊アストロメク・ドロイド　宇宙船用の整備ロボット。この銀河系では、ロボットは「ドロイド」とよばれている。

ケッセルか、あんなところにはぜったいに行きたくないな、とエズラは思った。スパイス鉱山に送られるのは、死刑の次におそろしい罰だ。

船に乗りこむと、生徒の一人が積み荷にあった制服をよこしてくれた。エズラはお礼に金をわたし、袋を二つつかんだ。スリスのリストにあったとおりの、ヘルメットが入っていると書かれた袋だ。制服に着がえると言って、エズラは通路の奥に入っていき、別の出口を見つけて船外に出た。

出たところは燃料補給ホースのそばだった。ホースのかげに身をかくしながら、すばやく非常口までもどる。リステに見つからないうちに、ドアをあけて飛びだし、通路を猛ダッシュして、着陸ベイからはなれた。

スリスの取り分の袋は、ゴミ箱にほうりこんでおく。宇宙港を横切り、スピーダー・バイクをおいた場所にもどると、座席の後ろの荷物入れに袋をおさめて、出発した。スピードをあげて高速道路を走り、ねぐらのある草原をめざす。

まもなく、古い通信タワーが見えてきた。まるで灯台のように、平原にそびえたっている。エズラはバイクのスピードを落とした。かつて、このタワーは、この星の交通を調整

する、大きな通信網につながっていた。だが今は、もう使われていない。さらに高度な帝国の通信網が使われるようになったからだ。値打ちのある設備は、とっくの昔にどろぼうにうばわれてしまった。

だが、おかげで、このタワーは、ねぐらとしてかんぺきだった。

エズラにはハイテクな通信システムなど必要ない。外の世界との連絡など、とりたくもなかった。首都の外にあるこのタワーは、やかましい都会からのがれられる、自分だけの楽園のようなものだ。ここでは一人きりになれる――ありのままの自分でいられる。このタワーこそ、おれの家なんだ。

スピーダー・バイクをガレージにとめ、座席をおりる。長い間乗っていたせいで、ちょっと脚がしびれていた。ガ

レージの床には、まるで修理工場のように、部品がちらばっている。そのほとんどが帝国の製品だ。ラックには、パワー・パックのない*ブラスター銃やストームトルーパーのライフルがぶらさがっている。貨物コンテナの間にはシャトルの安定装置がつっこまれ、すみにはタイヤのない修理ドロイドがおかれ、そのそばにはこわれたジャンプ・ブーツがころがっていた。作業台には、充電器から回路基板まで、いろいろな部品がちらばっている。どれもみな、どこかがこわれていた。

　そういったものは、エズラにとってそれほど大事というわけではなかった。そんな中、エズラが大切にしているのは、帝国軍のヘルメットだ。博物館の展示物のように、たなやロッカーにきちんとならべ、最近手に入れた、ＴＩＥファイターのパイロットのヘルメットは、洋服ラックの上においている。

今日はまた新しいヘルメットを手に入れたぞ。バイクの荷物入れから袋をとりだすと、ひもをほどき、さかさまにする。中からころげおちてきたのは、ヘルメットではなく、ホログラム映像をうつしだす機器、ホロパッドだった。

自分の頭をなぐりつけたい気分になった。袋の表示を信じて取ってきただけで、中を調べるひまはなかったのだ。ホロパッドを全部とりだしてみたが、ほかには何も入っていない。ブラスター銃のパワー・パックも、バイクのゴーグルもなかった。わけが分からない。軍事学校に送る物資に、ホロパッドなんか必要か？

エズラはホロパッドを一枚ひろいあげ、小さなボタンをおした。パッドの表面から3D映像がうかびあがる。幸せそうな両親とその息子だ。「きみも、帝国ファミリーに加わることができる」ホロパッドの超小型スピーカーから、おおげさな声が流れた。「アカデミーへの応募を夢におわらせず、現実に変えよう。航行学、工学、宇宙医学、通信学など、さまざまな学問が学べる。宇宙探査、宇宙艦隊、星間交易などの仕事につけるのだ」

*ブラスター銃　銀河系で広く使われる、光線銃。小型のものから、宇宙船のキャノン砲まで、大きさはさまざま。

長年宇宙港で同じコマーシャルを聞いてきたエズラは、そのセリフを全部おぼえていた。「もしきみが、宇宙むきの資質をそなえ、標準試験で合格点を取れたなら、」上流階級っぽい大人のしゃべり方をまねしながら、エズラは声をあわせた。「アカデミーの校長に申込書を送り、誇り高き集団に加わろう！」

エズラはコマーシャル最後のドラムロールにあわせて舌を鳴らしたが、自分が帝国の宣伝のまねをしていると気づいて、とちゅうでやめた。きゅうに怒りがわきおこってボタンをはなすと、映像は消え、音声もとだえた。しかしその言葉はまだ頭に残っている。そのコマーシャルは、頭にこびりついてはなれない音楽に似ていた。これが帝国のねらいだ。エズラの世代の全員に、同じ考え方、同じ夢をおしつけ、帝国の言うなりに働く、同じ型の作業機械になることをもとめているのだ。

エズラはホロパッドを作業台にほうりなげた。決してやつらのドロイドになんかならない。おれは、だれのドロイドでもないぞ。

腹がぐーっと鳴り、何も食べてないことを思いだした。果物かごがわりに使っているヘルメットに手をのばしたが、まだ二つあると思っていた果物は、一つしか残っていなかった。それも、うれすぎてくずれているが、今は、ガラスだって食べられるくらい腹がへっている。

エズラは果物をこわきにはさむと、展望デッキに続くはしごをのぼった。そこなら落ちついて食べられるし、そのうち星が出てくれれば、空をながめてすごすことができるからだ。

第2章

緑の惑星ロザルのはるか上空に、一機のシャトルが、ふいにあらわれた。

シャトルのパイロットがにやりと笑った。計算どおり、ハイパースペースをぬけて、帝国軍の巨大な宇宙船、スター・デストロイヤーの、操縦室の真上に出てこられたからだ。艦長のザテアはさぞおどろくだろう。スター・デストロイヤーは、無数の光をはなつ三角形の軍艦で、まるで惑星ロザルをねらう槍のように見える。

「そのシャトル、ただちに身元を明らかにせよ。さもなければ爆破する」荒々しい声が通信機にひびいた。

パイロットはおどしにもあわてず、落ちついて通信機に返事をした。「こちらは帝国保安局のエージェント・カラス。着艦の許可を願いたい」

通信機の向こうで、ためらっている気配がした。やがて、ていねいな口調に変わった声が聞こえた。「おまちください」

カラスはふたたびシャトルを動かして、操縦室の上を飛んだ。スター・デストロイヤーのターボレーザー砲がシャトルを追って動いたが、砲手は賢明にも撃たなかった。〝帝国保安局〟という言葉を聞けば、だれもが慎重に行動するようになるのだ。

通信機から、別の声が流れた。上流階級の話し方だ。「こちらは艦長のザテアです。エージェント・カラス殿、どうかお許しください。おいでになることをぞんじあげませんでした。飛行スケジュールにお名前がなかったものですから」

「名前はのせなかった」カラスは答えた。前もって知らせたりはしない。カラスはいつも、とつぜん訪問することにしているのだ。「どこにシャトルをつければよいのだ?」

ザテアの声がふるえた。「後方ベイにどうぞ。わたしがおむかえにあがります。*トラクター・ビームで誘導しますので、亜光速エンジンをお切りください」

*トラクター・ビーム　宇宙船などをひきよせるために使われる光線。

「トラクター・ビームは必要ない。自分で着艦する」

「どうぞご自由に。おいでいただき、うれしく思います」

カラスには、艦長が少しもうれしいと感じていないことがよく分かっていた。恐怖を感じているといったほうが正しいだろう。帝国保安局が自分の船に乗りこんでくるというのは、どんな司令官にとっても、ありがたいことではない。

エージェント・カラスは軍人の称号はもたないが、反乱者をおいつめ、つかまえるためなら、艦長のどんな命令もくつがえすだけの権力をもっているのだ。

スター・デストロイヤーのベイのとびらが開いた。カラスは、通常よりもゆっくりとシャトルを近づけた。一分一秒ごとに、艦長の恐怖はつのっていくだろう。そして、この船が、もう自分のものではなくなったことを思いしるのだ。

今やこの軍艦は、事実上、カラスの指揮下にあった。

ザテア艦長は、エメラルド・ワインを好んだ。こった装飾の船室でカラスをもてなしながら何度もおかわりし、夕食中には、ワインのことばかり話していた。ロザルの緑色のブドウは、たいていすっぱくておいしくないんですよ、といった話だ。カラスはワインをすすり、礼儀正しくうなずいて、たまに質問をはさみながら、艦長に好きなだけしゃべらせておいた。ちょっとしたおしゃべりから、相手がどんな男か見えてくるものだ。正式な取り調べをおこなうよりもずっと分かりやすい。次の手に出る前に、帝国のデータファイルどおり、この男が少し気むずかしくはあっても、帝国にきわめて忠実であることを、たしかめておかねばならない。信用できるかどうかを確認しておくのだ。

ザテア艦長は、惑星ナブーにある自分のブドウ園の話をした。カラスが目を通してきたデータファイルには、その星に大きな農園をいくつか持っているという報告しかなかったが、ブドウ園はおそらく農園の一部なのだろう。ファイルには、妻と三人の子どものことも記されていた。娘が二人、息子が一人。ザテアは妻の話をうれしそうに語った。遠くはなれた場所で長い任務についている自分を、見すてずにいてくれる妻。そして、宝物のように大切にしている娘たちの話もした。長女は父親と同じくワイン好きで、ブドウ園の世話をしている。次女は父親と同じく、軍隊に入って、別のスター・デストロイヤーに中尉として乗りこんでいるという。

だが息子については、ひとことも語らなかった。

食事の間、カラスは部屋の中に目を走らせ、じっくりと観察した。あらゆることを分析して、帝国への忠誠度をはかる訓練を積んできたのだ。持ち物、部屋の様子、食器の質、帽子をどこにどうやってかけるか——すべてに注意をはらった。目立つものだけでなく、目立たないものにも注意したほうがいい。カラスの経験からいうと、ぱっと見ただけでは分からないようなものから、相手がかくそうとしていることが明らかになる場合が多いのだ。

ザテア艦長の上品な好みは、エメラルド・ワインのほかにもあらわれていた。惑星ロザルの美しい光景を見わたせる、かべいっぱいに広がる展望窓。ダイニングテーブルの上には、さまざまな色にかがやくシャンデリアがうかんでいる。たなにあるのは、本物の本だ。データテープなどのメディアではない、紙にインクで印刷された、コレクター向けの本が、テーマと作者別にならんでいる。図書館以外でこれほどたくさんの本を見たことはなかった。

こういった品々のおかげで、船室はすばらしいふんいきになっていた。ザテア艦長には、軍以外にも収入があるにちがいない。艦長の給料では、これほどのぜいたくはとてもむりだ。帝国宇宙軍で働いているのは、金のためではなく、地位を求めてのことだろう、とカラスは判断した。そういう男がうらぎることはめったにない。仲間の尊敬を失うことをおそれるからだ。生まれつきの家柄は低くとも、軍の階級を得て上流階級となった金持ちは、むしろ、帝国の優秀な指揮官となる。

カラスは、ロザル産のラベルがついたワインボトルに目をとめた。

ザテアがグラスにおかわりを注ごうとしたとき、カラスは次の手に出た。「艦長、ロザルのワインがそれほどおきらいなら、なぜ何度もおかわりするのかね？」

ワインボトルを持った手が、かすかにふるえた。カラスは返事を待たずに続けた。

「もしかすると、そのワインがロザルのものではなく、オルデランのものだからでは？」

〝オルデラン〟という名を口にしたとき、カラスはあざけるような笑みをうかべた。惑星オルデランはかつて、帝国を苦しめつづけた敵であった。オーガナ家がひきいていたその星の政府は、秩序をたもとうとする帝国軍のとりしまりを、何度もじゃましてきた。平和を守るためと言いながら、実際には無秩序をまねいていたのだ。

手だけでなく、ザテアの声もふるえていた。「あ、あなたもワインにおくわしいとは、ぞんじませんでした」

「職務上、あらゆることに通じていなければならないのでね。ボトルを落としてしまう前に、見せてくれたまえ」カラスはザテアからワインボトルを受けとった。ラベルには、ロザルのブドウ園の名が書かれている。しかし、カラスがそのラベルをはがすと、下から別のラベルがあらわれた。

「思ったとおりだ。オルデランのオーガナ農園のものだな」カラスが言った。

「あなたほどの地位の方に、いなかの安物を差しあげるわけにはいきません。ロザル産でないワインは、これしかなかったのです。先日もらった贈り物です」

「きみの息子である、あの反乱者からの贈り物だな？」カラスはさりげなくたずねた。

ザテアが手にしていた、ワイングラスの足がおれた。テーブルクロスに、明るい緑色のしみが広がった。

「わたしを反逆罪でうったえるおつもりですか、エージェント・カラス？」

「艦長、まだそのつもりはないよ。罪をうったえるのは、事実を確認して、そうすべきだと感じたときだ。帝国保安局のエージェントとして、わたしは法にしたがう」

ザテアはわれたワイングラスを持ったまま、ぼうぜんとしていた。カラスはボトルに残ったワインを自分のグラスに注ぎ、ザテアに差しだした。「飲めるうちに楽しんでおくんだな。オルデランはやっかいな星だが、あそこのワインは最高だ。やつらがいつまでブドウを育てていられるかは疑問だがね」

ザテアは一瞬ためらったが、カラスのグラスを受けとった。「分かってください、わたしは息子の政治的な考え方をきらっています。けれども、息子のことは愛していますから、贈り物をことわることはできません。父親ならそうあるべきでしょう」

「もちろん、そうだよ。そしてきみは、よき帝国市民として、反乱軍に加わったきみの息子の居場所を教えてくれた。われわれが何年もあの男を追っていることは知っているね」

ザテアはためいきをついた。「息子は大きな口をたたいて、とっぴな演説をやりたがりますが、反乱軍ではありません。大人になれば、新秩序の本当の価値を知るでしょう。どうか息子を傷つけないでください」

「ザテア艦長、帝国保安局は、帝国市民を守るためにつくられたものだ。とりわけ、きみのように地位のある軍人の子どもたちをね。われわれが最もおそれているのは、彼らが身の代金目当てにゆうかいされること、いや、それだけでなく、いためつけられ、殺されることだ。きみもじゅうぶん承知のことと思うが、オルデランは、反帝国の連中がうろつく危険な星だよ」

ザテアはグラスを回してワインをゆらしたが、飲まずにテーブルにおいた。カラスから目をそらしたまま、口を開く。

「息子の身の安全は保証していただけるでしょうか？」

カラスは、ザテアの問いについて考えているかのように、間をおいた。実のところは、この会話は予想どおりだったし、ザテアの協力への見返りをどうするかも決めていた。本来なら、見返りなどあたえる必要はない。カラスには、このミッションに必要なことすべてを、艦長に命令するだけの権力があるのだ。しかし、艦長の顔も立ててやらなければ、敵にまわしてしまうかもしれない。ロザルに来たのは、帝国の同胞と争うためではなく、反乱者たちをしまつするためなのだ。

「ご承知のとおり、銀河は危険な場所だ。確実な安全は保証できない。だが、法律を少しばかり柔軟に考えることはできる」カラスは身をのりだした。「もしきみが、つべこべ言わずに、全面的に協力してくれるなら、きみの息子がこれ以上トラブルにまきこまれないよう、個人的に力をつくすつもりだ」

ザテアはじっとワインをのぞきこんでいたが、やがて頭をあげてカラスの目を見つめた。

「わたしはいつも全面的に協力していますよ、エージェント・カラス」

「それを疑ったことはないよ。きみは優秀な帝国軍人だ、ザテア艦長。ロザルの反乱運動を終わらせたら、ほうびをもらえるだろう。だがものごとには順序がある。まず、この船を首都の上空におろせ。われわれのすばらしい武器を目にすれば、住民たちはふるえあがるだろう」

「軌道をはなれろとおっしゃるのですか。この星の守りがなくなってしまいますよ」ザテアが大きな声を出したのは、この会話の中で初めてのことだった。自分の仕事を真剣に考えているという証拠だ。

「いったいだれから守るというのかね。銀河のどこからも、差しせまった侵略の危険はない。これまでになく、宇宙は平和な状態だ。帝国の力のおかげだよ」

カラスはいすの向きを変え、窓の外を見た。スター・デストロイヤーに乗りこんでから、惑星ロザルは半回転した。反対側の面に夜明けがおとずれ、緑色の大陸が明るくかがやいている。

カラスは目を細め、するどい目つきでロザルをながめた。

「愛する帝国のたったひとつの危険はね、艦長。外にあるのではない。内側にあるのだよ」

ロザルの反乱運動を完全に終わらせるために、この大陸を真っ赤な血でそめてやるのだ。

第3章

かみなりの大きな音がひびき、エズラは目をさました。ふらふらと立ちあがる。一晩中、展望デッキで眠っていたせいで、頭がくらくらする。まばたきをして眠気をおしやり、デッキのはしまで行ってみた。手すりにうでをのせて、夜明けの空をながめる。

タワーのまわりにはえた緑色のひなぎくのつぼみが、花開こうとしている。平原を飛びまわる虫を、動物の毛むくじゃらな手がすばやくつかんだ。

遠くに首都が見える。煙突からはきだされるけむりが、空に広がっていく。明け方の雲はいつものように、紫色に光っていた。おかしなことに、雨がふる気配はないのに、もう

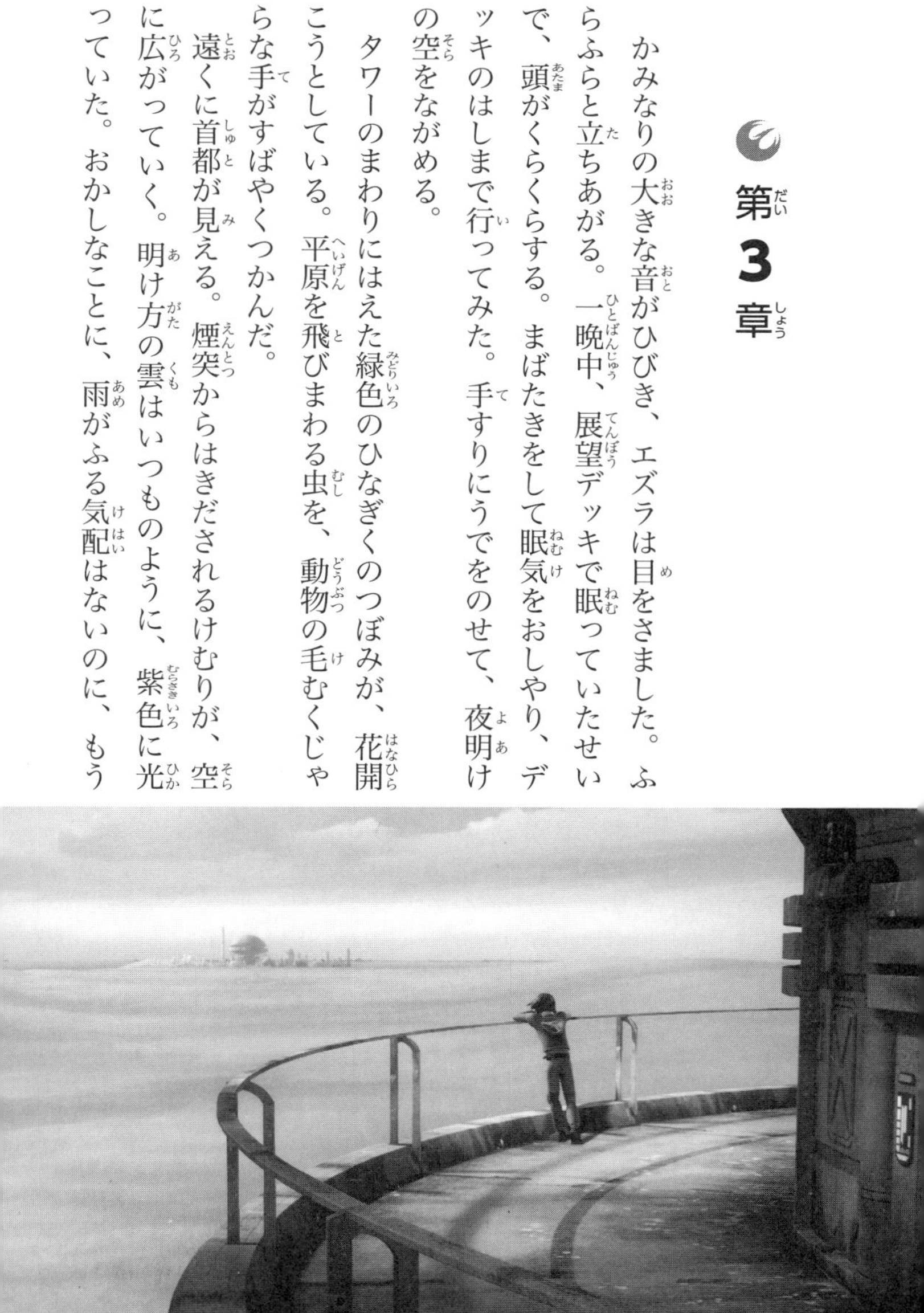

かみなりの音が聞こえる。エズラの胃袋も鳴っていた。ゆうべ食べた果物だけではとても足りない。しかし、もっと大きな音が頭上でひびいていた。エズラは見あげて――ぽかんと口をあけた。

帝国のスター・デストロイヤーが頭上を飛んでいる。

巨大な宇宙船は、ニュースで見るよりもはるかにでかかった。全長一・五キロにもおよぶ船体が、空をおおいかくすように、はてしなく広がっている。

近づいてくる宇宙船を見て、首都に住む豊かな市民たちは歓声をあげ、まずしい住民たちは手近なものかげにあわててかけこんでいるだろう。貧しい者のほうが賢明だ。ふつうに考えて、帝国のスター・デストロイヤーが家に近づいてくるというのは、よい知らせではない。

スター・デストロイヤーから、ＴＩＥファイターの飛行隊が飛びたった。何機かは首都に向かい、残りは母艦のまわりを周回する。一機がすぐそばに飛んできたので、エズラはぱっと床に身をふせた。自分のすがたがパイロットの目にとまったのかと思ったのだ。ＴＩＥファイターはふだんも平原を高速で飛びまわり、反乱の動きを監視している。注意をひかないよう、タワーの照明はつねに暗くしておかねばならなかった。

スター・デストロイヤーの船尾には、円すい形のイオンエンジンがついている。そのまぶしさに、エズラは思わず目をおおった。それでも、目の前に広がる光景から目をそらすことはできない。この巨大な軍艦をよこした者が味方であるはずはないが、金をかせぐチャンスはふえそうだ。帝国側の者がおおぜいうろつけば、スリの仕事はかんたんになるし、ヘルメットだってもっと集められるだろう。

きのうの仕事がうまくいかなかったこともあって、よけいにヘルメットがほしかった。

エズラは急いではしごをおり、バックパックをつかむと、スピーダー・バイクを飛ばした。空腹のことは、すっかりわすれていた。

エズラはひとけのない横丁にバイクをかくし、混雑した市場に足をふみいれた。ありとあらゆる種族の市民たちが、物々交換をしたり、格安の品をあさったりして、うまい取引きをしようと、おしあいへしあいしている。たくさんの屋台が立ちならび、〝銀河のお宝〟というふれこみで中古品が安売りされ、腹をすかした客のためには、串にさした焼き肉が売られていた。農民は自分の畑でとれた果物や野菜を売っている。すぐ手のとどくところに、ぶあついさいふがいくつも目についたが、エズラは手を出すのをがまんした。今さがしているのは、さいふではなく、帝国軍のやつらだ。

時間はそれほどかからなかった。前方に、市場をぞろぞろと出ていく客のすがたが見えた。帝国軍が来たというしるしだ。

エズラは、大きなたるの後ろにかがんだ。オリーブ色の制服を着た帝国軍の二人づれが、えらそうに歩いていく。その名はみなに知れわたっていた。帝国アカデミーの司令官アレスコとその部下、グリントだ。二人は、いつも地元の住民をいたぶって楽しんでいた。今日ねらわれたのは、ゴウタル族の老いた果物売りだ。

「身分証明書を見せろ。すぐにだ」でっぷりとした腹をつきだして、グリントは命令した。

果物売りは、かごに入った丸い果物をひとつ出してみせた。

「おれは果物を売ろうとしてただけだぞ」

「売る？」アレスコが、鼻をつんとそらして言った。「商売には、帝国の認可が必要だ」

果物売りは鼻を鳴らした。「帝国の認可がおりるころには、もう品物は残ってないだろうね」

グリントがにやにやしながらつめよった。「なんと言った？」

エズラは気の毒に思った。正直、この白い毛をはやした果物売りは好きじゃない。いつもきげんがわるくて、エズラをほかのストリート・キッズとまちがえてばかりいる。この前なんか、果物をぬすんだと、ぬれぎぬをきせられた。その日はぬすんでなかったのに。それはともかく、たとえへんくつなゴウタル族だろうと、細々とくらしていこうとする者に、

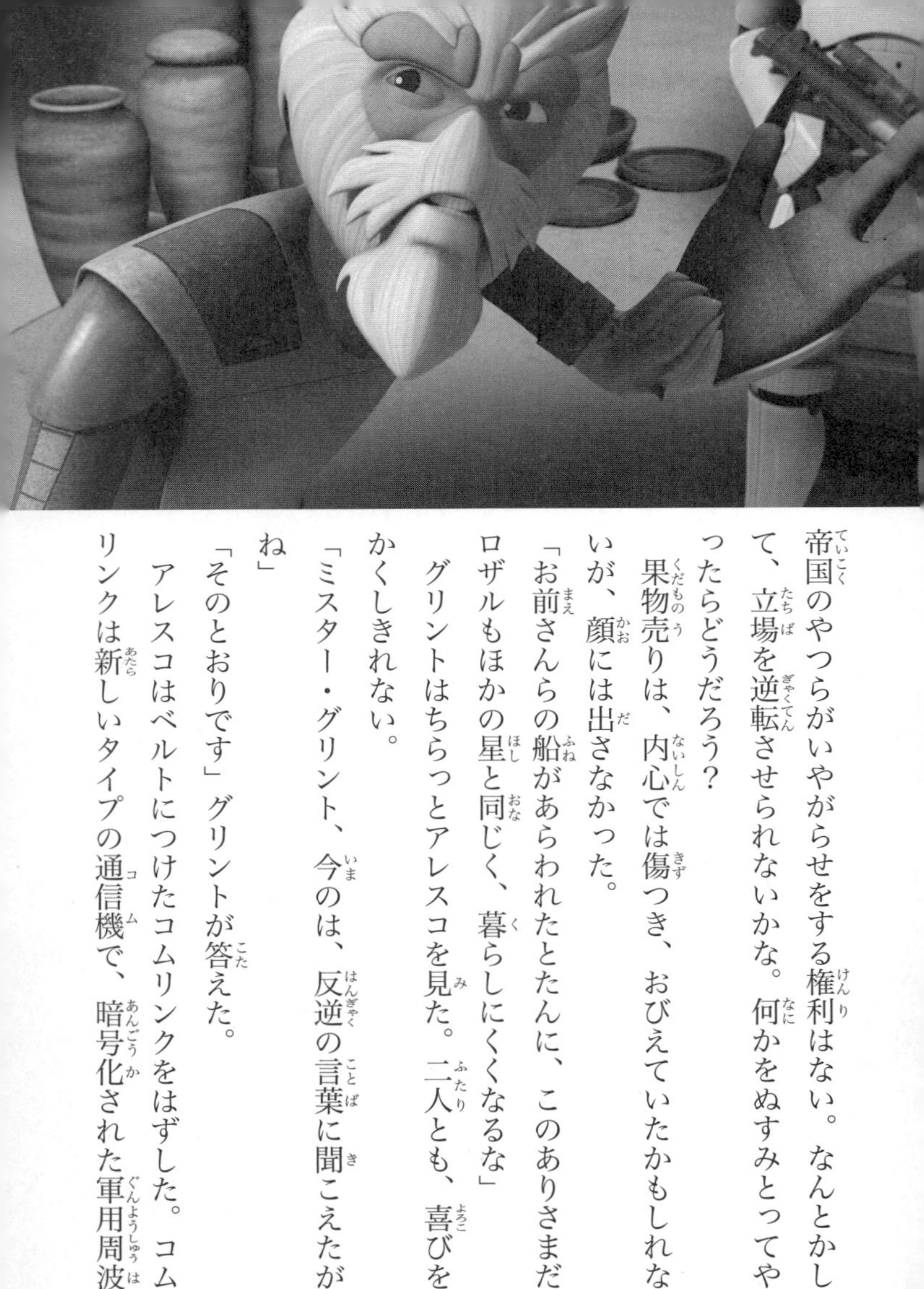

帝国のやつらがいやがらせをする権利はない。なんとかして、立場を逆転させられないかな。何かをぬすみとってやったらどうだろう？

果物売りは、内心では傷つき、おびえていたかもしれないが、顔には出さなかった。

「お前さんらの船があらわれたとたんに、このありさまだ。ロザルもほかの星と同じく、暮らしにくくなるな」

グリントはちらっとアレスコを見た。二人とも、喜びをかくしきれない。

「ミスター・グリント、今のは、反逆の言葉に聞こえたがね」

「そのとおりです」グリントが答えた。

アレスコはベルトにつけたコムリンクをはずした。コムリンクは新しいタイプの通信機で、暗号化された軍用周波

帯をふくめた、幅広い周波数に対応するように作られている。こいつをいただけばかなりの金になるだろうし、ちょっとしたお楽しみも味わえるな、とエズラは考えた。

「こちらＬＲＣ０１。反逆罪容疑の市民を連行する」アレスコがコムリンクに向かって告げた。

すぐさま返事があった。銀河じゅうで耳にする、合成された電子音声――帝国の兵士、ストームトルーパーの声だ。

「了解、ＬＲＣ０１。ＡＡ三十三房へ連行願います」

ブーツの足音が聞こえ、エズラはふりむいた。白い装甲服のストームトルーパーが二人、市場をぬけてやってくる。つまり、これは単に身分証明書を確認しているのではない。帝国の対応のすばやさを見せつけ、見物人の心に恐怖をうえつけるための見世物だ。恐怖ですべてを支配するのが、帝国のやり方だった。

だが、エズラはおそれてはいなかった。ならんだたるの後ろをこっそりと通り、うまくアレスコに近づいていく。アレスコはちょうど、コムリンクをベルトにもどしたところだ。横からかすめとれるだろう。ストームトルーパーのかげにかくれてそっと近づく。

グリントはかごに入った果物をひとつ取った。「帝国の名のもと、おまえの品物をいただく」

やせがまんしていた果物売りの顔が、恐怖にゆがんだ。近づいてくるストームトルーパーに気づいたのだ。

「連れていけ」アレスコが命令した。

トルーパーが果物売りを連れていこうとした。果物売りはかごにしがみついた。

「だれか助けてくれ！」

グリントは取った果物をひとくちかじり、アレスコといっ

しょにストームトルーパーの後を歩きはじめた。

「だれか？　だれが助けるってんだ？」ほかの商人たちを順に指さしていく。「おまえか？　おまえか？」

商人たちは目をそらした。店じまいをはじめる者もいる。

エズラはグリントのそばによって話しかけた。

「だんな、すみません、その果物をわたしにもひとつ……」

二人がふりむいたとき、エズラはアレスコのベルトに手をのばした。その指がとめがねに軽くふれると、コムリンクはあっというまにエズラの手の中におさまった。

「うせろ、こぞう。あっちへ行け」グリントが言った。

「ごめんなさい、とんだおじゃまを」エズラは顔を見られないように頭を下げ、急いで立ちさった。「へっ、まぬけなやつだ」とつぶやく。このままほうっておくつもりはない。お楽しみはこれからだ。

エズラはコムリンクを町なかのスピーカーにつなぎ、せきばらいをした。

「トルーパーは全員、中央広場へ」ホロパッドのコマーシャルで流れていた、えらそうな大人の口調をまねて、コムリンクに語りかける。「コード・レッド、緊急事態だ！」

エズラはうつむいて歩きながら、後ろをふりかえった。帝国軍人たちは足を止め、この命令にむっとしているようだ。グリントは果物の種をぺっとはきだした。アレスコはいやな目つきで果物売りをにらんだ。

「運のいいやつだ、放してやれ」ストームトルーパーに合図する。「おまえたちもついてこい。こんなやつは、ゴミためのの中にほうっておくのがおにあいだ」

ストームトルーパーは果物売りを放し、士官たちといっしょに急いで広場に向かった。そのすがたが見えなくなると、

市場じゅうの者がほっと息をついた。いつものにぎわいがもどってくる。

果物売りが立ちあがり、たおれたかごをもとにもどした。エズラは果物売りに近づきながら、腹がすいていたことを思いだした。士官たちがすぐにはもどってこないよう、もう一度コムリンクに向かう。「警戒せよ！　くりかえす、コード・レッドだ」

コムリンクを持ったエズラに気づくと、果物売りはにやりとした。いつものしかめっつらは消えている。エズラに果物をひとつわたし、「ありがとよ」と言った。

「いや、こちらこそありがとう」エズラはバックパックを開くと、かごから果物を取ってつめこんだ。

果物売りの笑みが消えた。「おい、待て。なにをするんだ」

エズラはバックパックを肩にかつぎ、ウインクをした。「若いと、腹がへってさ」

そして手近な箱に足をかけ、屋台の骨組みをよじのぼって、建物の屋根に飛びのった。果物売りの言葉が聞こえた。「あの子は何者だ？」

エズラはにんまりとした。これで、ほかのストリート・キッズとまちがえられることはなくなるだろう。

第4章

煙突をとびこえながら、エズラは屋根の上を走った。ずっしりと重いバックパックがせなかではずむ。向こうがわまでたどりつくと、中央広場が見わたせた。おれがコムリンクでしかけてやったいたずらで、帝国のやつらがどんなめにあうか、見とどけてやろう。

屋根から見おろすと、物資の管理官リステが、ストームトルーパーの一隊に命令をくだしていた。地面から浮きあがっている荷物を、スピーダー・バイク数台につみこんでいるところだ。「バイクにしっかり固定しろ」リステは口を出すだけで、自分の手で荷物を運ぼうとはしない。「とちゅうで荷物がなくなるのはごめんだからな」

市場にいたストームトルーパー二人がやってきた。続いてアレスコとグリントも、息をきらしながら到着した。

「何が起きたんだ？」アレスコがはあはあと息をつきながら言った。

「何が、とは？」リステがたずねた。

屋根の上で、エズラはにんまりした。にせのコード・レッド、緊急事態を伝えてやったいたずら、うまくいってるらしいぞ。

大勢のストームトルーパーが、四方八方から広場におしよせてきた。リステたちは、おどろいてあたりを見回した。

グリントはリステをじろりと見た。「コード・レッドを発令したろ」

「な、何をおっしゃっているのか……」リステは言葉をつまらせた。「自分は、この荷物を帝国領に運ぶよう命じられただけです」

「なら、さっさと積みこめ!」アレスコは怒りに顔を赤くして言った。

リステが自分の手で重い荷物を運びはじめたのを見て、エズラは笑った。グリントとアレスコは何かささやきあい、ストームトルーパーたちはうろうろしながら、ヘルメットのコムリンクのぐあいを調べている。一流の帝国軍兵士には、とても見えない。

「ごめんな」エズラは少しだけ気の毒になった。たいして本気ではなかったけれど。

エズラは、スピーダー・バイクに積まれた荷物に目をとめた。トルーパー三人がそばに立って、いちばん大きな二つの荷物を守っている。荷物の中身は分からないが、これほどかたい守りがついているということは、貴重なものが入ってい

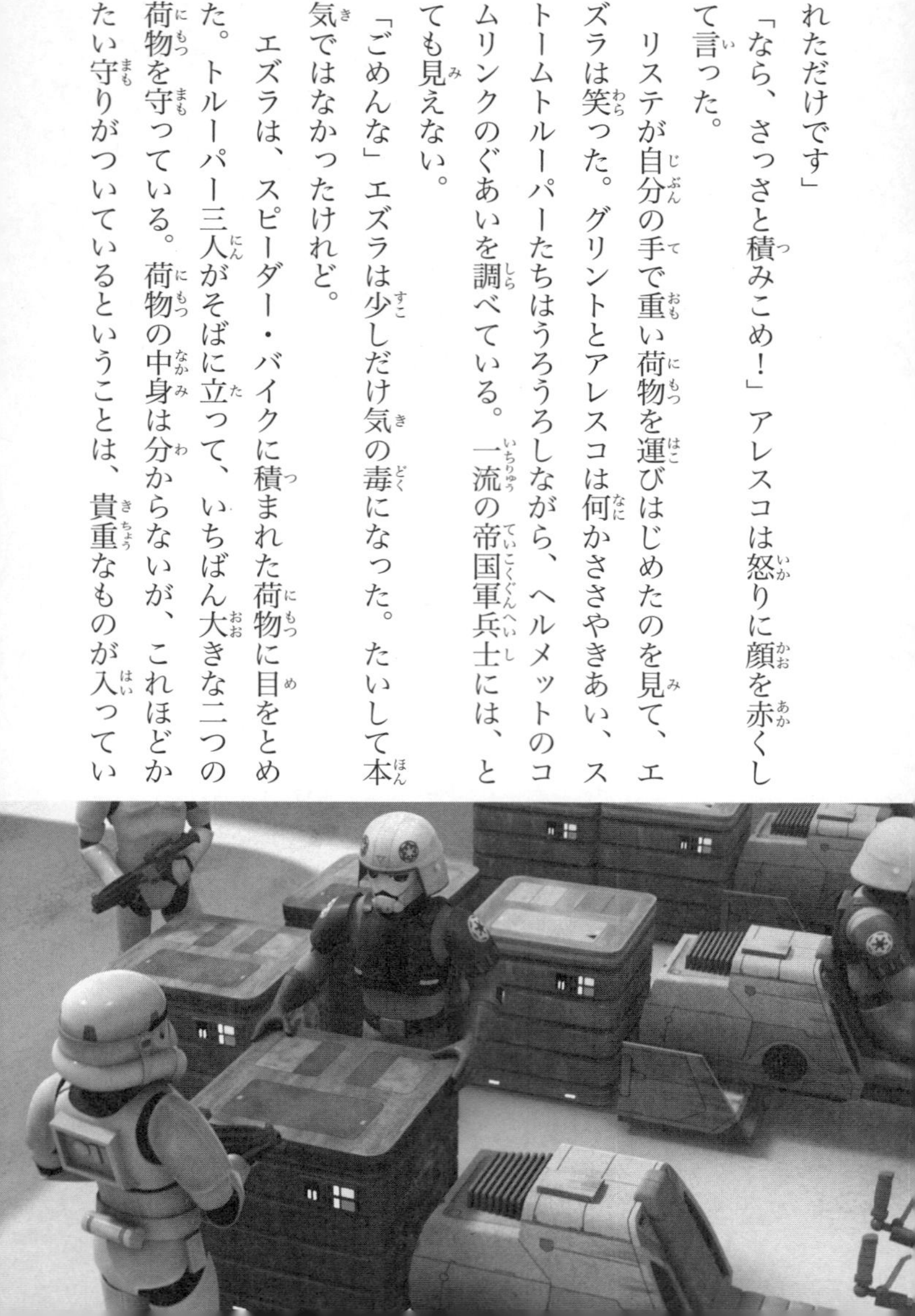

るんだろう。エズラはもっとよく見ようと、屋根のふちに近づいた。身をかがめて、見つからないよう気をつける。

広場の中央に、長い髪を後ろで結んだ男が立っていた。えりつきのオリーブ色の上着に、灰色の長ズボン。右肩には深緑色の防具をつけ、同じ色の長い装甲手袋をはめている。エズラに背を向けていたが、いきなりふりかえって、こちらの屋根を見あげた。え、屋根の上のおれに気づいたのか？　男はするどくとがったあごひげをはやしていた。その青い目はもっとするどく、相手をつきさすような目つきだった。

　エズラはたじろいで、後ろにさがった。そこからでも男のすがたは見えたが、おそらく向こうからは目につかないだろう。

　男は屋根から目をはなし、近くにいたエイリアン種族の大男を見た。広場にいるだれよりも、一メートル近く背が高く、

たくましい体つきだ。エズラはその種族の名を知らなかったが、敵にまわしたくない相手であることはまちがいない。

長髪の男は、自分のふとももを軽く二回たたいた。その合図で、エイリアンは小路の奥に入っていった。男は、マンダロアの装甲服を着た女に近づき、ふたたびふとももを二回たたいた。紫やピンク、オレンジ色がうずをまく、はなやかなもようの装甲服の女も、同じように自分の脚をたたき、反対方向に歩きだした。今や三人とも、作戦についたようだ。

「おもしろい」エズラはつぶやいた。あの秘密の合図は、なんだろう？　エズラはリステ管理官やストームトルーパーのほうをふりかえった。荷物を全部つみおわったところだ。装甲服の女が、だれにも気づかれずに、いちばんはしのスピーダー・バイクのすぐそばを歩いている。女は、チカチカ点滅する丸いものを、バイクにさっと投げた。

それが何か、エズラにはすぐに分かった。耳を両手でふさぐ。その点滅がやむと、スピーダー・バイクは爆発した。

爆発の衝撃で、リステもトルーパーたちもなぎたおされた。さっき広場でとほうにくれていたストームトルーパーたちが、どっとおしよせてくる。

やっとやることが見つかったのだ。リステはおきあがると、残ったスピーダー・バイクを指さしてさけんだ。

「荷物を早く移動させろ！　命にかえても守れ！」

命にかえても、か。よほどのものだな。エズラはその言葉が気に入った。貴重なものだろうという予想は、大当たりだったわけだ。かがめていた背をのばし、屋根をつっぱしって、すぐにおりられそうな場所をさがす。

だが、まにあわなかった。ストームトルーパーが一人、二つの大きな荷物をのせたスピーダー・バイクにとびのって発進させた。屋根の上を知りつくしているエズラでも、スピーダー・バイクに追いつくのはむりだ。

しかし、そのスピーダー・バイクは無事に広場を出ることができなかった。小路からバックで出てきたランドスピーダ

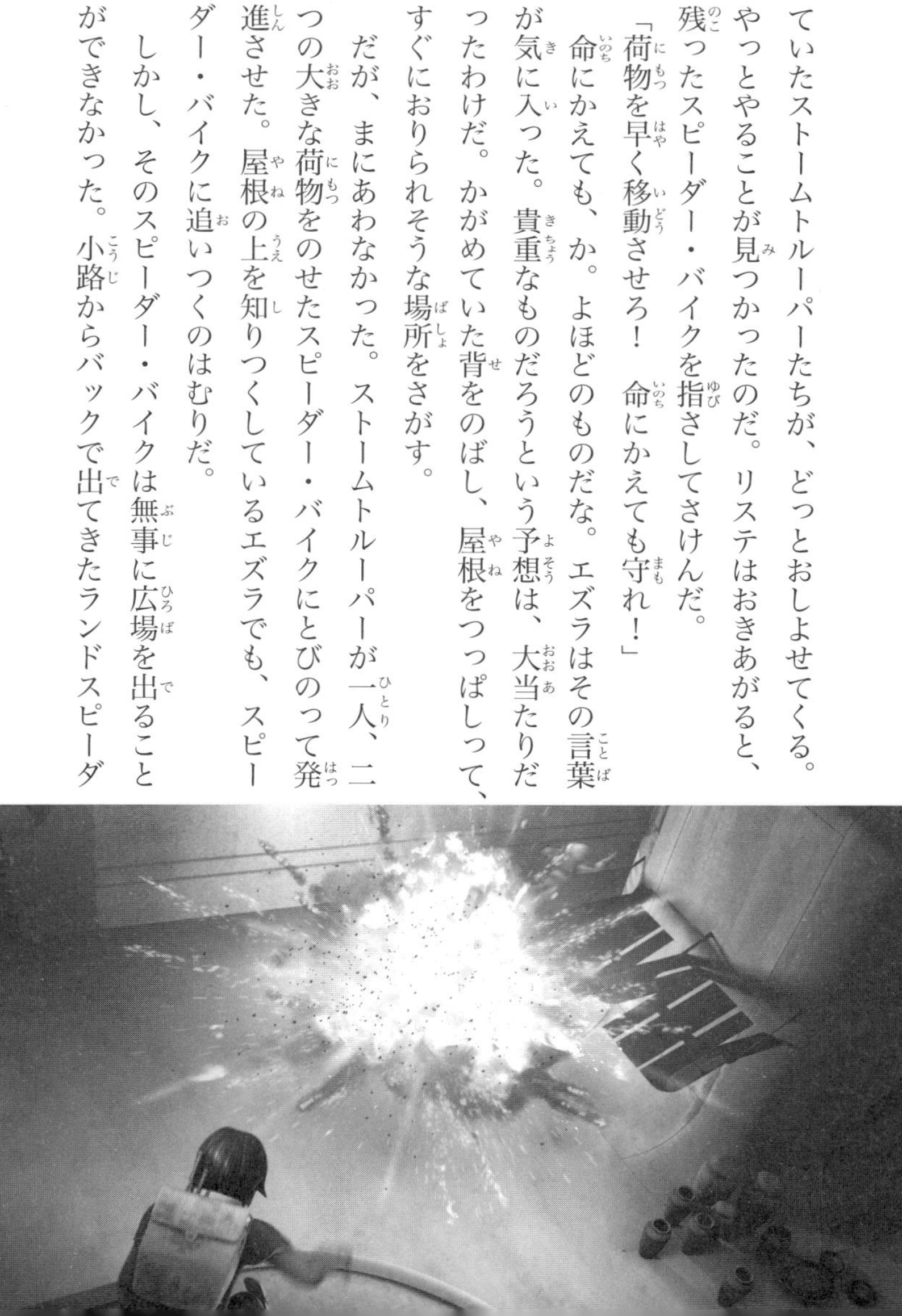

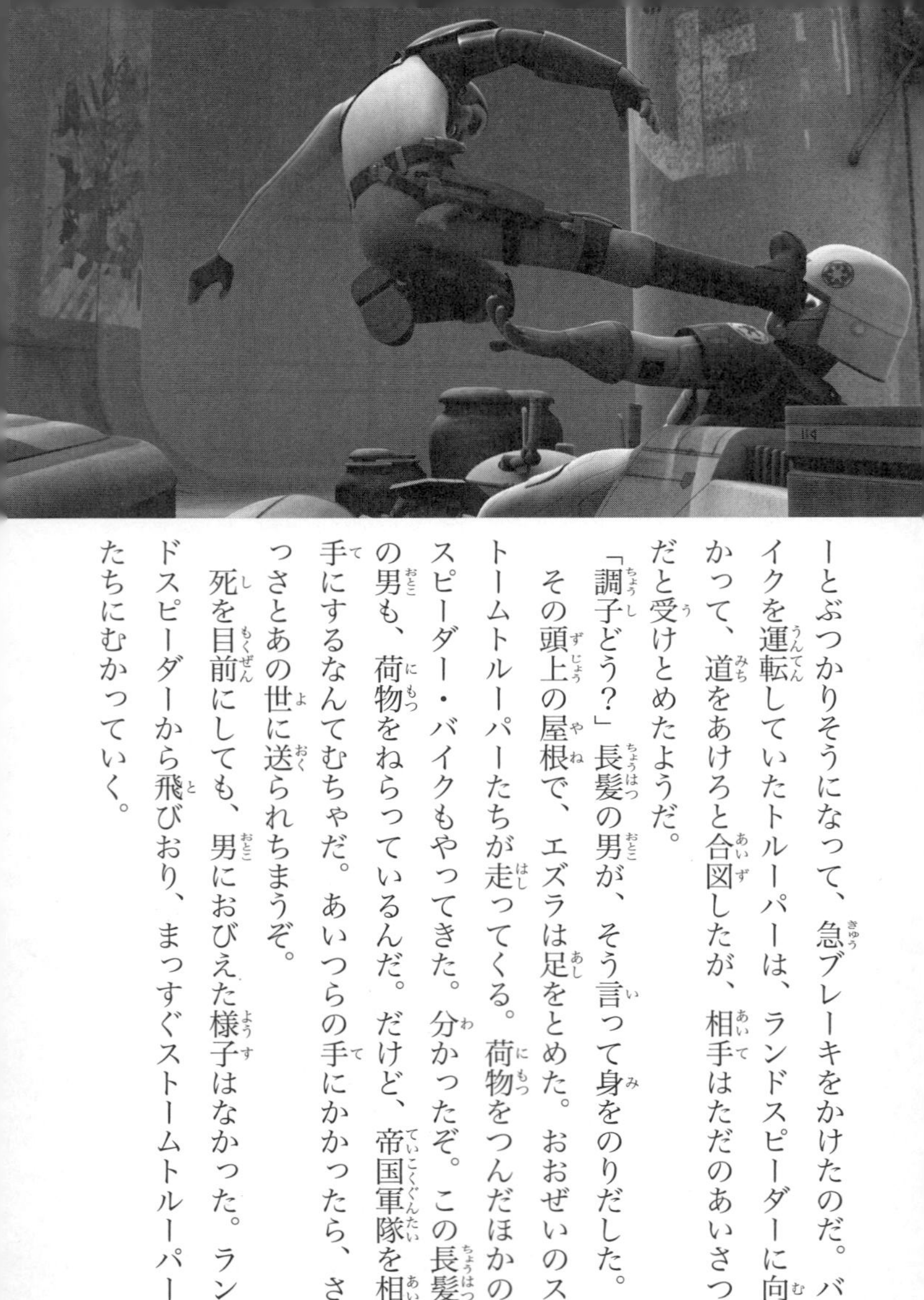

ーとぶつかりそうになって、急ブレーキをかけたのだ。バイクを運転していたトルーパーは、ランドスピーダーに向かって、道をあけろと合図したが、相手はただのあいさつだと受けとめたようだ。

「調子どう？」長髪の男が、そう言って身をのりだした。

その頭上の屋根で、エズラは足をとめた。おおぜいのストームトルーパーたちが走ってくる。荷物をつんだほかのスピーダー・バイクもやってきた。分かったぞ。この長髪の男も、荷物をねらっているんだ。だけど、帝国軍隊を相手にするなんてむちゃだ。あいつらの手にかかったら、さっさとあの世に送られちまうぞ。

死を目前にしても、男におびえた様子はなかった。ランドスピーダーから飛びおり、まっすぐストームトルーパーたちにむかっていく。

男はブーツのひとけりで、バイクを運転していたトルーパーをけおとし、くるりとふりかえると、ブラスター銃をぬいて軍隊にぶっぱなした。たおれたトルーパーも何名かいたが、かわりのトルーパーが続々とやってきて、銃を撃ちかえしてくる。

男にも応援がやってきた。あのエイリアン種族の大男が横丁からすがたをあらわし、エズラの思ったとおり、とても敵にはまわしたくないほどの力をふるってみせたのだ。ストームトルーパーの一人を後ろからかかえあげ、もう一人のトルーパーに投げつける。ものすごいいきおいでぶつかった二人は、地面にくずれおちた。

エズラは、もう一人のメンバーをさがした。マンダロアの装甲服を着た女のすがたが見えない。スピーダーを爆破するほかに、あの女がはたす役目はなんだろう？ストームトルーパーたちをしまつするだけなら、長髪の男とエイリアンでじゅうぶんだ。あと数人かたづければ、荷物をつんだスピーダー・バイクが手に入るだろう。

あの荷物――あれが、このさわぎの目玉にちがいない。あの三人は、命をかけてでもあれを手に入れようとしているんだ。あの中には、いったいどんなお宝が入っているんだろうか。

エズラは屋根のはしに近づいた。大きな二つの荷物をのせたスピーダー・バイクは、乗り手のないまま、数階下にういている。たまらなく好奇心がそそられた。ここからあの座席に飛びおりても、バイクの反重力装置が、落下の衝撃をやわらげてくれるだろう。

これ以上あれこれ考えていると、おじけづきそうだ。エズラは目をつぶって、屋根から飛びおりた。胃が飛びだしそうな気がした。

座席にドスンと着地したら、尻が痛かった。スピーダー・バイクがはずんだ。エズラは、バイクから落ちないようにハンドルをにぎった。目を開くと、あの長髪の男とエイリアンの大男がまっしぐらにやってくるのが見えた。

「おつかれさまです、どうも！」エズラはバイクのギアをいれた。

エイリアンのそばをぐるっとまわり、豪快なパンチをかがんでかわすと、横道に飛びこんでいく。二人にさよならの手をふったとき、新たなトルーパーたちが突進してくるのが見えた。

だが、長髪の男たちはトルーパーたちを軽くかたづけると、それぞれスピーダー・バイクに乗って、すぐにエズラを追ってきた。うばったバイクにはブラスター・キャノン砲がついていたが、エズラはその撃ち方を知らない。迷路のようにこみいった通りにはいって、追っ手をまくしかなかった。

使われていない倉庫のこわれた窓をとおりぬけ、せまい横丁をすりぬける。急なカーブをみごとにまわると、干したせんたくものをつっきり、ゴミ箱のふたをかすめて飛んだ。それでも追っ手をふりきることはできなかった。男たちはどんどん差をつめてくる。エズラのほうは、バイクにつんだ荷物

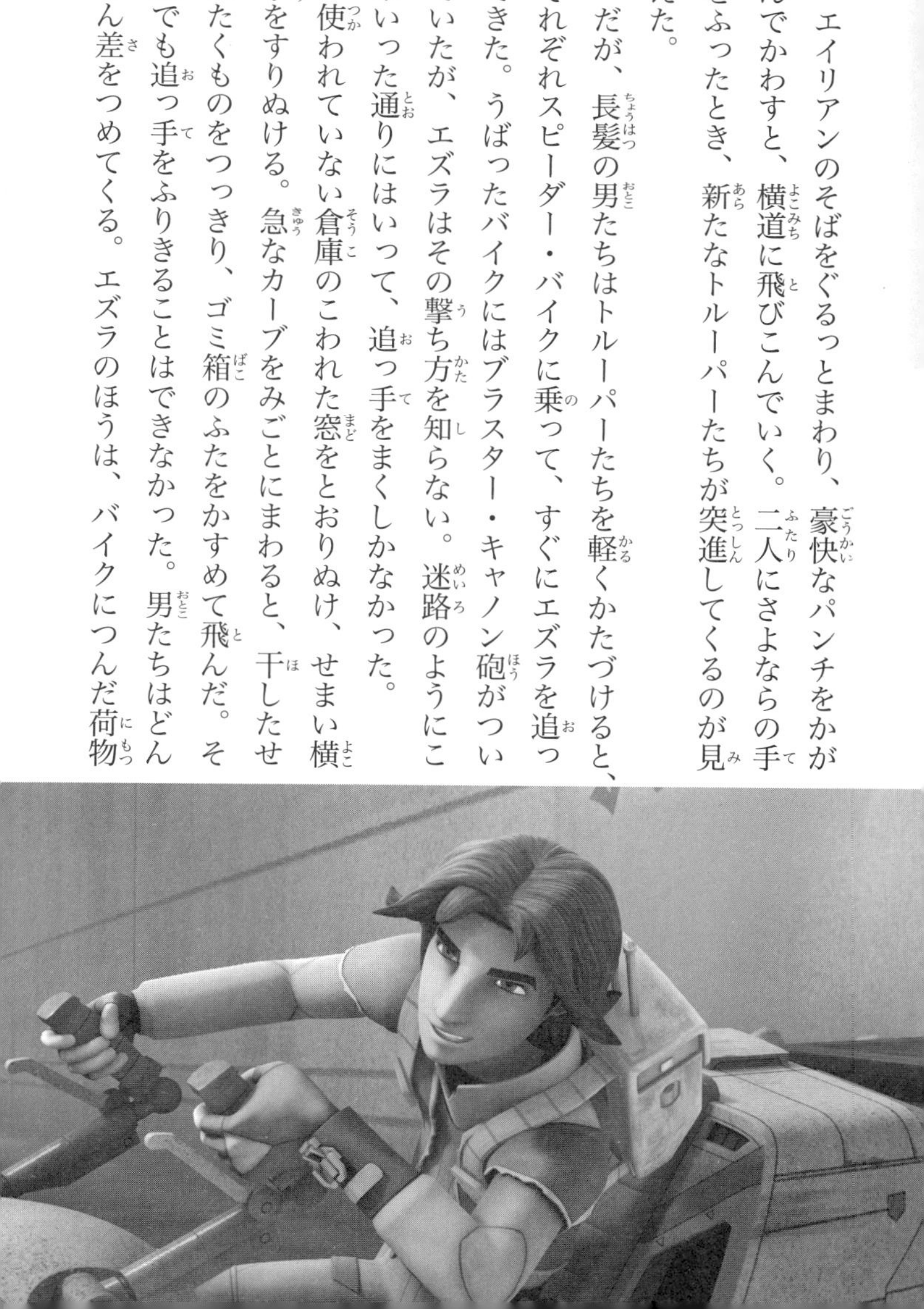

のせいで、スピードが出ないのだ。

　何かが荷物の上に飛びのってきて、バイクのスピードがさらに落ちた。「しゃれたまねするじゃない、ジェット・パックもなしにジャンプするなんて」マンダロアの装甲服を着た女だ。ヘルメットで声がさえぎられていたが、ストームトルーパーのような合成された声ではなかった。

　エズラはスピードをあげて、女をふりおとそうとした。女はブラスター銃で、荷物のひとつを固定していたとめがねを撃ちくだいた。荷物はバイクからはずれた。

「坊やくんのしまつは、でっかいやつにまかせる！」女はさけび、荷物に乗ったままはなれていった。「バイバーイ！」

　エズラはちらっと後ろをふりかえった。女は飛びおりて、荷物を細い路地におしていくところだ。方向転換してそっちを追おうかと考えたところに、あの長髪の男とエイリアンが、エズラにせまってきた。

エズラはペダルをふみこんだ。荷物がひとつ減ったので、バイクのスピードは前よりあがった。視界がせまくなり、両わきのかべや建物がかすんで見える。銅像をまわり、門をくぐり、また横丁をかけぬけた。自分の目よりも、直感を信じて。

直感はたしかにうまくみちびいてくれたが、横丁の出口をふさいでいた一隊をさけることはできなかった。ストームトルーパーたちが銃をかまえて、エズラにねらいをつけている。

こうなれば、なんとか身をかわして、撃たれないように祈るしかない。ブラスター銃が一発あたっただけで、エズラの短い人生はおわるのだ。

だが、エズラが撃たれることはなかった。そのかわりに、

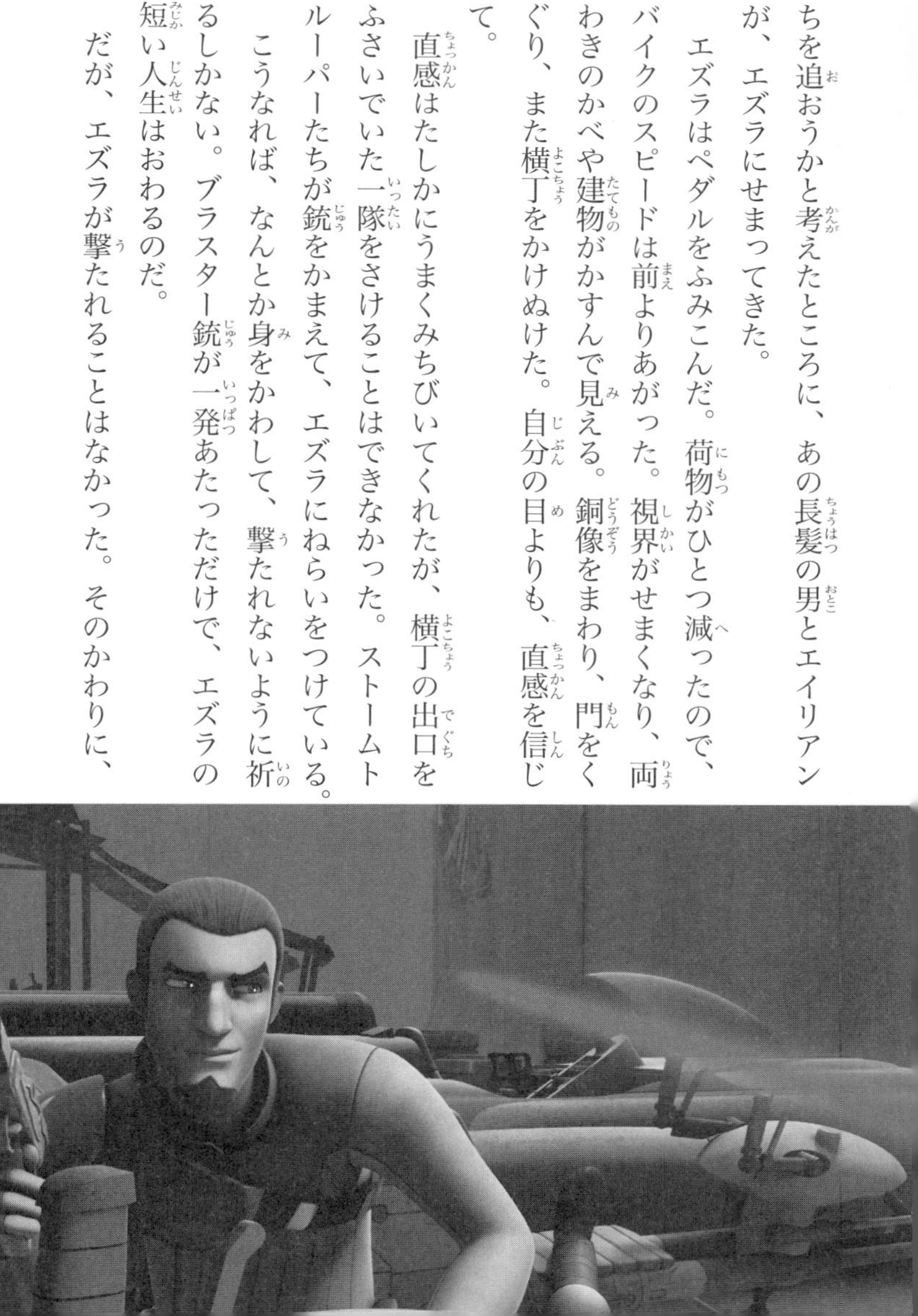

エズラの後ろから、トルーパーに向かって銃の連射があびせられた。トルーパーたちはちりぢりになり、エズラの逃げ道ができた。エズラは通りをかけぬけたが、ふりかえると、あの二人の追っ手のすがたが見えた。なんておそろしいやつらだ。スピーダー・バイクに乗りながら、あんなに正確に撃てるのは、帝国の優秀な兵士くらいのもんだろう。

「なんなんだよ、あいつら？」

第5章

「なんなんだ、あの子は？」

ケイナンは少年を追いながら、なんどもその問いをくりかえした。軍の最高レベルの訓練を受けたのか、あるいはなみはずれた才能をもっているのか。でないと、とても説明がつかない。ケイナンたちにも、帝国の兵士たちにもつかまらないなんて。

しかし、この追いかけっこは長くは続かないだろう。もう首都の外に出た。追っ手をまくのに使える横丁もなければ、障害物もない。ケイナンとゼブはバイクのスピードをあげ、少年の背後にぴったりとついた。

エンジンの高いうなりが聞こえ、二人はふりむいた。スピーダー・バイクに乗った二人のストームトルーパーが追ってくる。

ケイナンは首をふった。帝国がからむと、いつだって話がややこしくなる。

少年は、首都とほかの都市とを結ぶ高速道路に向かってつっぱしっている。ケイナンとゼブはその後を追い、さらにストームトルーパーたちが続いた。高速の入り口に一時停止の標識があったが、だれもスピードを落とさない。さいわい、そのあたりの高速道路はさほど混雑していなかった。

ケイナンはバイクをぐいと道路わきによせてトルーパーたちの弾をかわし、ふりむいてブラスター銃で応戦した。

トルーパーの射撃で、少年のバイクがやられた。火花が散り、反重力装置の部品がふきとぶ。バイクはコントロールを失い、中央分離帯をこえて反対車線に出てしまった。

ケイナンが反対車線に出ることはできなかった。出ればたちまち、トルーパーの射撃で黒こげにされてしまう。ケイナンはゼブに合図した。追っ手をなんとかしてくれ。

ゼブはバイクを反転させて、トルーパーの一人にまっこうから向かい、バイクからたたきおとした。いっぽうケイナン

は、腰のベルトから爆弾を取り、バイクのスピードを落とした。追いついてきた三人目のトルーパーに、「もうあきらめたよ、逮捕してくれ」と声をかける。

「なんだ？」トルーパーは首をかしげて、わけが分からないといった様子だ。追いかけっこに勝てそうなときに、わざわざ降参するというのか？　ケイナンは、両手をハンドルからはなして差しだし、降参したふりをしてみせた。

そして、「……なんてな」と口にするなり、混乱したトルーパーに向かって、点滅する爆弾をなげ、アクセルをふみこんでバイクのスピードをあげた。その背後で、トルーパーのバイクは爆発した。

ゼブが追いついてきた。ケイナンは、バイクに積まれた荷物を指さして、ひきとってくれと指示したが、ゼブは気乗りしない様子で顔をしかめた。追いかけっこをとちゅうでやめたくないのだろう。だが、あの少年を追うのは、おれでなければならない。あの少年の才能が本物なのか、それともただの幸運なのかを見きわめたかった。

ケイナンはバイクの操作ボタンをおした。荷物が荷台からはなれる。ゼブはぶつぶつ言いながら荷物の前にバイクをまわした。「じゃましやがって。あいつをつかまえたら、たっぷりおしおきしてやる」ケイナンはゼブの文句を聞き流して、中央分離帯をこえ、反対車線に入った。

少年はどうにかバイクを操作して、ふたたび走らせていた。だが、荷物をおろしたケイナンのほうが、ずっと速い。猛スピードで追いぬくと、急転回して正面から少年に向かった。

少年はあわててエア・ブレーキをかけ、バイクをドリフトさせて止まった。ケイナンも同じくドリフトさせてバイクを止めたので、二人はバイクをならべて顔を見あわせることになった。

「あんた、だれ？」少年がたずねてきた。

「だれでもいい、それはおれたちのものだ」ケイナンは答えた。

「いいか、ぬすんだのは、このおれが先だっての。中身は知らないが、おれに権利がある」

「口も達者だな。あいにく、こっちに必要な荷物だ。運がなかったってあきらめろ」

少年は首をかしげ、ケイナンの背後を見つめた。「ん……まだ終わってないよ」笑顔で言いきる。

ケイナンがふりかえると、TIEファイターが雲の中からすがたを見せ、こっちに飛んでくる。なんてことだ。

少年はペダルをふみこみ、バイクの向きを変えて、すばやく走りさった。ケイナンもバイクを回してあとを追ったとき、TIEのレーザー攻撃がはじまった。

ケイナンは、TIEのパイロットの攻撃パターンを予測し、バイクの高度と向きを調整して、無傷のまま集中攻撃をかいくぐっていく。ふしぎなことに、少年もケイナンと同じ動きをしていた。右に左にと動いて、レーザーをかわしているのだ。いや、ふしぎという言葉でかたづけられるレベルではない。ケイナンと少年は、まるで同じ波長で動いているようだった。

この子は、ただ幸運というだけじゃないな。

ちょうどそのとき、ケイナン自身の運がつきてしまったようだった。TIEのレーザーがバイクに命中し、慣性補正機がやられたのだ。なすすべもなく、バイクはたちまちスピードを失い、落下した。

「運がなかったね！」少年は敬礼をしてみせると、スピードをあげて去っていった。TIEファイターは旋回して少年を追った。

ケイナンは、ばらばらになったバイクの中から立ちあがり、コムリンクを開いた。「こちらスペクター・ワン。ひろってくれ」

あの少年とは、これっきりというわけではない。まだまだ、これからだ。

高速をおりて平原にもどると、エズラはすっかり一人前になった気分だった。反重力装置の部品がなくなってしまったこと以外、スピーダー・バイクの運転はなにもかもうまくい

った。ペダルのほんのわずかな動きにもエンジンはちゃんと反応してくれたし、最高速度まで加速しても楽勝だった。なめらかな握りのハンドルも動かしやすかった。相手が帝国とはいえ、ほめるべきところはほめてやらなきゃね。帝国の装備はいつも最高の状態だ。

その最高の装備をほこる強力な戦闘機、ＴＩＥファイターが飛んできた。頭のすぐそば、ほんの数センチ先を、レーザーがかすめる。ＴＩＥのキャノン砲は、宇宙船を破壊できるくらい強力だ。バイクに直撃でもしたら、身元も分からないくらいこなごなにふっとばされてしまうだろう。

この荷物、よっぽど大事なものみたいだな。いったい中身はなんなんだ？

エズラは、ＴＩＥファイターのレーザーをさけながら、丘の間をぬうように走った。山の中にかくれることも考えたが、ＴＩＥをひきはなしてたどりつくことはできそうもなかった。あとは、わざとスピードを落として、ＴＩＥに通りこさせるしかない。そうすれば、町までもどって、細い路地に身をかくせるかも。

しかし、ペダルから足をはなしもしないうちに、ＴＩＥのレーザーが命中して、バイク

＊スペクター・ワン　ケイナンのコードネーム。「スペクター」は「ゆうれい、おばけ」という意味。〈ゴースト〉という宇宙船に乗っていることから、乗組員はそんなコードネームで呼びあっているらしい。

のスピードは勝手に落ちていった。

バイクは煙をあげ、ゆれはじめた。急激にスピードが落ちる。エンジンがやられたにちがいない。エズラは足をふんばってハンドルをひっぱり、できるだけ高度を保った。たとえTIEにやられなくても、重力に負けてしまう。

TIEが、エズラのまわりにレーザー砲火をあびせながら降下し、近づいてきた。当たりはしなかったが、バイクのエンジンは激しく悲鳴をあげてふるえた。ついにこわれたのだ。エズラは荷物をとりはずすボタンを押し、ブレーキをふんだ。バイクから飛びおり、草原に着地する。骨はどこも折れなかったが、かなりの衝撃が走った。

なんとか体を起こした。バイクは炎につつまれている。だが荷物は無事にバイクからはずれて、一、二メートルはなれたあたりに浮いていた。TIEが一機、飛んでくる。

そのレーザー砲が、まっすぐエズラに向けられているのが見えた。

わざわざ走ろうとはしなかった。どうせそんなに遠くまでは行けない。これで一巻のおわりというなら、それまでだ。

レーザー砲のうなりが聞こえた。だが、それはTIEのレーザーではなかった。TIEファイターは、空中で爆発し、大きな火だるまとなった。

その爆発の中から、六角形の宇宙船がすがたをあらわし、エズラの真上で止まった。貨物ベイの昇降口が開き、ランプ*がおりてきて、そこに立つ男のすがたが見えた。後ろで結んだ髪が、風になびいている。「乗ってくか？」

エズラはたちすくんだ。この男は、さっきまでおれをやっつけようとしていたのに、今度は助けにもどってきたと

*ランプ　乗り物と地面をつなぐ、ななめの板。人や貨物の乗り降りのために使われる。

いうのか。わけが分からない。

男は手を差しのべてきた。「ためらってるひまはない。急げ！　荷物はほうっとけ、やられるぞ！」

ＴＩＥファイターの一群がもどってきた。ほかに道はない。だがエズラは宇宙船に向かわず、浮かんでいる荷物のほうに突進した。手ぶらでたちさるわけにはいかない。

エズラは荷物を宇宙船に向けておした。かなり重くて、体がきつい。長髪の男は、あきれた様子で首をふった。宇宙船は上昇しはじめた。ＴＩＥファイターが近づいてくる。あと数秒だ。

エズラは荷物の反重力装置を強化して、腕にかかえると、ジャンプした。

なぜだか分からなかったが、ただ、そうすべきだと感じたのだ。いつもなら、ジャンプ・ブーツの助けなしでは一メー

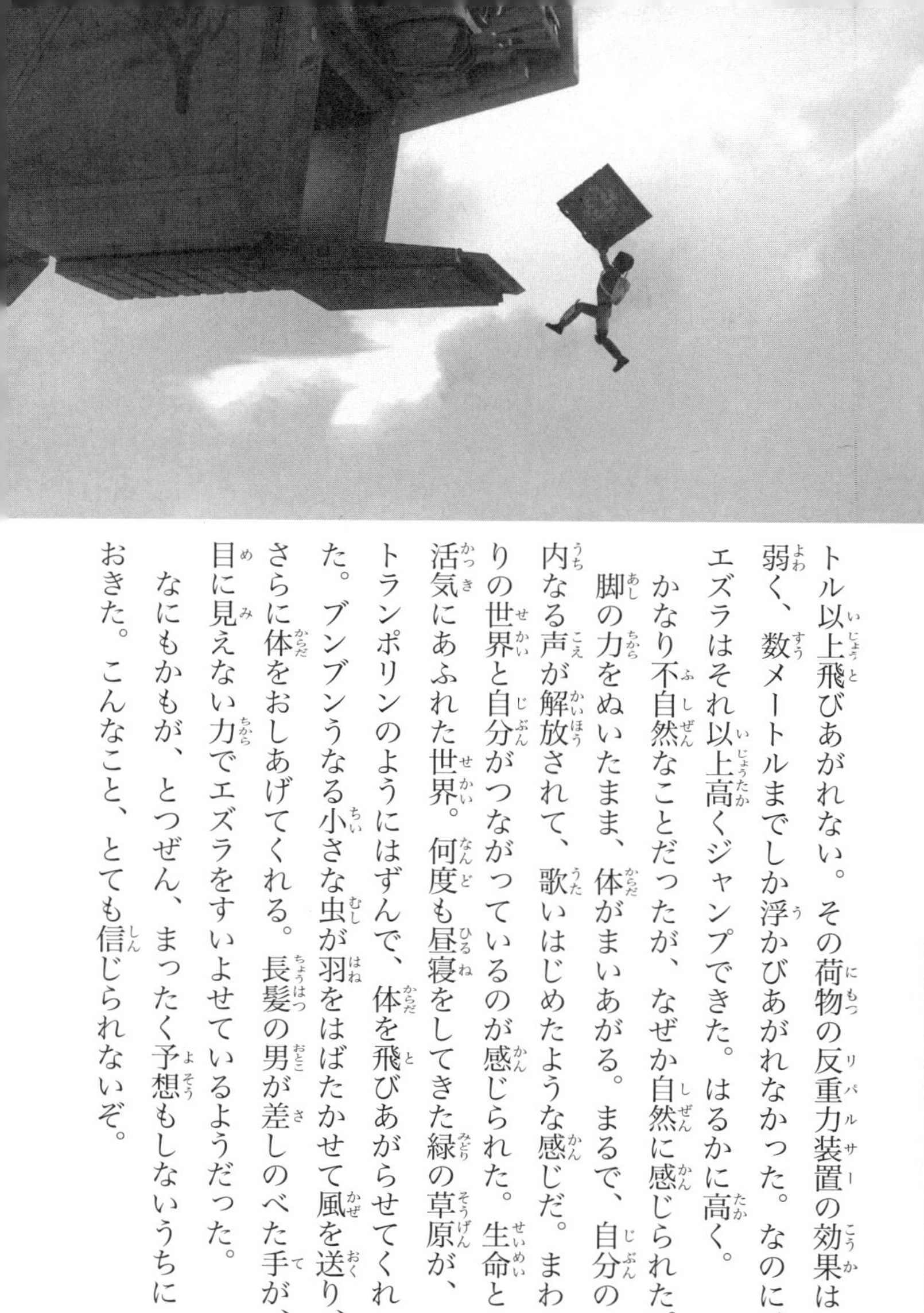

トル以上飛びあがれない。その荷物の反重力装置の効果は弱く、数メートルまでしか浮かびあがれなかった。なのに、エズラはそれ以上高くジャンプできた。はるかに高く。

かなり不自然なことだったが、なぜか自然に感じられた。

脚の力をぬいたまま、体がまいあがる。まるで、自分の内なる声が解放されて、歌いはじめたような感じだ。まわりの世界と自分がつながっているのが感じられた。生命と活気にあふれた世界。何度も昼寝をしてきた緑の草原が、トランポリンのようにはずんで、体を飛びあがらせてくれた。ブンブンうなる小さな虫が羽をはばたかせて風を送り、さらに体をおしあげてくれる。長髪の男が差しのべた手が、目に見えない力でエズラをすいよせているようだった。

なにもかもが、とつぜん、まったく予想もしないうちにおきた。こんなこと、とても信じられないぞ。

ためらいの気持ちが生まれたとたん、エズラを動かしていた〝力〟が消えた。
そして、エズラは落ちていった。

第6章

宇宙船〈ゴースト〉のランプに、荷物がどさっと落ちた。少年のすがたはない。ケイナンはあたりを見回した。ＴＩＥのレーザーが光って、空が白くなっている。ケイナンはためいきをついた。あの子はとてつもないジャンプをしたが、それでもたりなかったんだ。

おそらく、おれの見こみがまちがっていたのだろう。そもそも、運のいい子というだけだったのだ。

そのとき、ランプの上の荷物が動いた。側面に、二本の手がしがみついている。ひとつの手が、ランプのはしをつかんだ。ケイナンはおどろいて目を見はった。少年が体をもちあげ、すがたをあらわした。

なんなんだ、この子は？

すぐそばで、レーザーの切りさくような光が走った。ぐずぐずしてはいられない。少年は貨物ベイに荷物をおしこんだ。ケイナンはランプをもどし、昇降口を閉めた。

貨物ベイでは、ゼブとサビーヌが、ほかの荷物を開けていた。少年が持ってきた荷物をちらっと見るなり、ゼブは大またでやってきて、ぐいっとふたを開いた。中には、さまざまな種類のブラスター銃が入っていた。ほとんどがE－11ストームトルーパー・ライフルとDH－17ピストルだが、小型のタイプもいくつかある。

武器をまのあたりにした少年は、目を丸くした。「うわあ、これ、闇市場で売ったら、すごい値段がつくぞ」

「ああ、分かってる」ケイナンは答えた。

「だれがそんなことするかよ」と、ゼブ。

「だれがって。これ、おれのだ」少年が言いかえす。

ゼブは歯をむきだした。「おれらがねらったえものだぜ」

「最初にうばったのは、おれだよ」少年はせのびして、ゼブをにらみかえした。

ケイナンが二人の間にわってはいった。ここでケンカになるのはさけたい。ヘラがTIEファイターをまこうとしているさなかだというのに、まったく。「最後に手にした者の勝ちだ」

〈ゴースト〉の亜光速エンジンがさらに点火され、船体がゆれた。ケイナンは荷物に手をかけて体を支えた。上層大気に近づいているのだ。ヘラを手助けしたほうがいいだろう。

「この子から目をはなすなよ」サビーヌとゼブに告げると、はしごをのぼって主通路に出た。念のため、監視システムがきちんと働いていることを確かめる。サビーヌはたいてい勝手な行動ばかりとるし、ゼブはとても子守りにむいているとはいえないのだから。

ケイナンは急いでコックピットに入った。雲がかかって視界が悪い。ヘラは操縦かんをにぎり、〈ゴースト〉を急上昇

させていた。「ちょろい作戦だって言ったのだれよ、まったく！」

シールド調整にあたっているチョッパーが、グルルルル……と返事をした。ケイナンには、チョッパーが正しいことが分かっていた。失敗したのは、おれとサビーヌとゼブだ。だが、今はだれかを責めるときではない。「チョッパー、だまってくれ。いろいろあったんだ」

「チョッパーの言うとおりね。TIEファイターが四機来てる」

「船の角度をちょっと変えてみたらどうだ？」

「いいわよ」ヘラは操縦かんを思いきりたおし、TIEの砲火をかわした。

人工重力の調整がまにあわず、ケイナンはコックピットのはしまでふっとび、かべにたたきつけられた。顔をしかめて声をかける。「まさか、今のわざとじゃないだろうな？」

ヘラは機体を急にかたむけて、次のレーザー攻撃をさけた。今度はケイナンも手すりをつかんで体をささえられた。

「あんたこそ、わざとトラブルしょいこんでない？　まじめな話、地上で何があったわけ？」

ケイナンは監視モニターを指さした。貨物ベイのカメラにうつしだされているのは、サビーヌとゼブ、そしてあの少年だ。

「あの子だ」

ヘラは操縦しながら、目をあげた。「子どもにじゃまされた？　なにそれ、面白そう。話して」

「今、おいそがしいんじゃないのかな」ケイナンはたずねた。センサーによれば、ＴＩＥがまた集団攻撃をしかけてくるらしい。

ヘラはケイナンから目をそらさなかった。「いいから」

サビーヌのヘルメット内のディスプレイに、少年の基本的な生体情報が表示された。人間。十六歳のサビーヌより、二、三歳年下と思われる。その年齢なりの、平均的な身長と体格。電磁パチンコを左腕につけているから、おそらく右ききだ。目は青く、口もとにはひとくせありそうな笑みをいつもうかべている。鼻はしっかりとつきだしていて、これからますます大きくなりそうだ。惑星ロザルの住民はたいていそうなのだが、肌の色は茶色っぽく、まん中で分けたボサボサの黒髪は、ここしばらく散髪していないらしい。まちがいなく、ストリート・キッズ、家族のいない子ね。

サビーヌがヘルメットごしに観察している間、少年のほうもこっちを見さだめていた。「あんた、マンダロアの人かい？　本物？」

相手が子どもでなかったら、サビーヌは返事のかわりにブラスター銃をおみまいしてやっただろう。帝国がマンダロア人の傭兵稼業を不法であると決め、故郷マンダロアを占領して以来、近ごろの銀河で、マンダロア人は歓迎されなくなった。今も星々をわたりあるいている者はたいてい、装甲服を着た偽者だ。わたしはもちろん本物だが、いちいちこの子に教える必要はない。わたしのことも、わたしの種族のことも、なにひとつ教えてやるつもりはない。サビーヌはだまっていた。

少年はゼブのほうをむいた。「あんたは？　毛のないウーキーかい？」

サビーヌはヘルメットの中で笑みをうかべた。そんなことを言われたら、ゼブは怒るにきまってる。ゼブは、帝国との戦いに手をかしてくれたウーキーに恩を感じてはいるが、何も知らない者にウーキーとまちがえられるのは大きらいだ。三倍もでかくて十倍も力が強いゼブを相手に、この少年がどう出るか、なりゆきをうかがうのも面白いな。

「帝国のやつらに、学校でそう教わったのか？　非人間種族は、どれも似たようなものだと？」ゼブはどなった。片足をドンと荷物にのせ、はばひろい四本の指をくねらせる。

「よし、いいことを教えてやろう。おれは惑星ラザン出身の種族だ。そして、おまえのような、ロザルのちょこまかした盗人が大きらいなんだよ」

少年は荷物に近づいた。「あんたたちと同じことをやっただけだろ。生きるために、ぬすんだんだよ」

「おまえに何が分かる。いっしょにするんじゃねえ」

「分かりたくもないね。それより、船からおろしてくれよ」

ゼブはくちびるをゆがめて、おそろしい笑みをつくった。

「ああ、言われなくたって、喜んでほうりだしてやるよ。今すぐにな」ゼブが手をのばしたとたん、船体が敵のレーザーをあび、大きくゆれた。

サビーヌはびくともせずに立っている。マンダロア人なら、バランスを保つ技はまっさきにおぼえるものだ。だがゼブのほうは、ひっくりかえって、少年の上にのしかかった。

「どいてくれ。息が……できない！」少年があえいだ。

「それほど重かねえだろう、この重力じゃ」ゼブがそう言って体を起こした。

「体重じゃない」少年は顔をしかめて言った。「くさいんだよ」

サビーヌはもうちょっとでふきだすところだった。この口のへらない筋金入りのストリート・キッズったら、ほんとに怖いもの知らずだね。

ゼブの紫色の顔が真っ赤になった。少年をつかんでもちあげる。「ここの空気がそんなにいやか？　いいねえ。うまい空気をすわせてやる！」サビーヌのそばを通り、少年を保管庫に運んでいく。

少年は足をばたばたさせてさけんだ。「おい、よせよ！　はなせ！」もしもゼブの腕がもう少し短ければ、かみつかれていただろう。いかにもストリート・キッズらしい戦い方だ。

ゼブは保管庫をあけて、少年をほうりこんだ。ゼブがとびらを閉める寸前に、少年は、すがるような目つきでサビーヌを見た。

サビーヌは身動きせず、ヘルメット内に流れる生体情報を読みとっていた。少年の顔の部分が熱くなっている。まったく、恐れを知らない子どもだ。ちょうど、サビーヌがヘルメットで顔をかくしているように、この子は大胆さというよろいで身を守っている。

じゃあ、この子がそのよろいの下にかくしているのは、なんだろう？

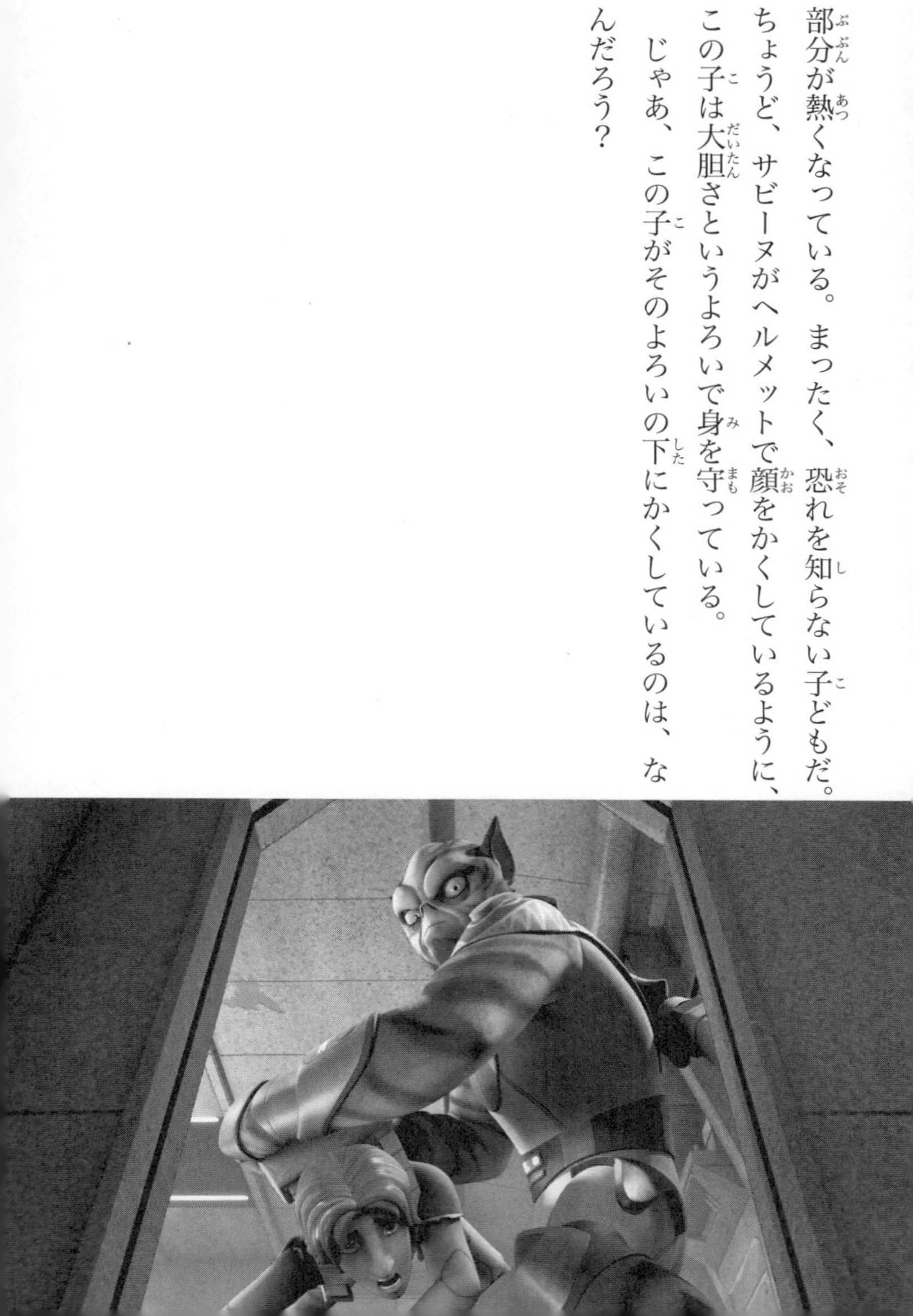

第7章

ヘラは、〈ゴースト〉の最後の亜光速エンジンを点火し、惑星ロザルの上層大気の中を上昇させた。TIEファイターも上昇してきて、〈ゴースト〉を守るシールドを破ろうとしている。砲塔に入って攻撃してくれとケイナンに頼んでもよかったが、ケイナンはあの少年の行動を熱く語っていて、そうもいかなかった。こんなに熱心な声、ずいぶんひさしぶりに聞くね、とヘラは思った。

「なかなかの子だね……」ありきたりの子どもじゃないようだ。特別な才能をもっているのかもしれないが、もしそうなら、命の危険を意味する。その才能をもつ者は反乱者になるおそれがあると、帝国は考えているからだ。

「おいおい、おかしなこと考えるなよ」ケイナンがくぎをさした。

「トルーパーに追われながら、荷物を守りぬいたんでしょう?」

「それは、おれが助けたからだ。ただのやんちゃこぞうさ、むてっぽうで向こうみずで手におえない……」くどくどと言いつづけるケイナンの声がとぎれた。

「消えた？」

ヘラはケイナンの視線をたどって、監視モニターを見た。貨物ベイには、荷物を包みなおしているゼブとサビーヌのすがたしかない。

ケイナンはインターホンをおした。「ゼブ、サビーヌ、あの子は？」

「心配ねえよ」ゼブのがらがら声がスピーカーからひびいた。ゼブは保管庫の前に行き、「ヤツならこの中にいる」と言った。

ヘラはセンサーをチェックした。エンジンを強化したにもかかわらず、ＴＩＥは近づいてきている。つまり、レーザー攻撃も近づいているということだ。〈ゴースト〉のシールド

がレーザーを吸収する力には、限界がある。

ヘラは〈ゴースト〉をすばやく何度もターンさせ、敵の攻撃をさけながらエンジンをあたためておいた。軌道までたどりつけば、ハイパースペースにジャンプする用意ができる。追っ手をふりきるには、その方法しかない。

ケイナンは、TIEの心配をしているようには見えなかった。監視モニターに身をのりだし、まるでそうすればもっとよく見えると思っているみたいだ。「ゼブ、あの子はどこだ？」

ヘラはちらっとモニターを見た。からっぽの保管庫を前に、ゼブがふりむいたところだ。

「あれ……？　ああ、船の中にはいるだろう」ゼブはカメラに向かっておどおどと笑いながら、ぎこちなく言った。

サビーヌはゼブをおしのけて、自分で保管庫をのぞいた。「確かに、いるみたいね」サビーヌのヘルメットから、監視モニターに映像が送られる。保管庫の天井の格子がとりはずされていた。少年はそこから換気ダクトにぬけだしたにちがいない。

「やるじゃない。昔のだれかさんを思いだす」ヘラはそう言って、ケイナンを見やった。

センサーが警告を発した。TIEが頭上を飛び、レーザーで掃射していった。チョッパーが損傷の報告をする。〈ゴースト〉の船体は無傷だったが、シールドの機能は低下した。

ヘラは操縦に集中した。あの少年の話はあとでいい。今は戦うときだ。

ケイナンにわざわざ頼む必要はなかった。ケイナンはすでにコックピットを出て、砲塔に向かっていた。

換気ダクトの中をはっていたエズラの体が、ぶるぶるとふるえた。TIEの攻撃はダクトじゅうにひびきわたり、エズラが乗っていた薄いパネルをはげしくふるわせたのだ。歯ががちがちと鳴る。ぬけてしまうんじゃないだろうな？　乗っていたパネルがわれて、エズラは落ちてしまった。

そんなに高いところから落ちたわけではなかった。屋根から飛びおりて、スピーダー・バイクにころげおちたときのことを思えば、ぜんぜんたいしたことはない。だが、体の痛みはひどかった。宇宙船のかたい床に胸がたたきつけられ、せなかにしょっていたバックパックがはずみで頭にあたった。エズラは、果物をこんなにつめこまなきゃよかったと後悔した。

バックパックをもとにもどし、息をついて、ずきずきと痛む頭をゆっくりともちあげる。

運が悪かった。ほんの半メートル先に落ちていれば、クッションのきいた大きないすがあったのだ。

そのいすにすわってみて、やっとどこにいるかが分かった。どうやら、宇宙船の砲塔のひとつに落ちたらしい。ドームをすかして、暗い空に点々と輝く光が見える。

それはただの光ではない。「あ……こ……これって、宇宙かよ！」エズラはとうてい信じられずに、声をつまらせた。

「おれ、死んじゃうの？」

一機のTIEファイターがすぐそばを飛んでいった。翼についた、太陽熱吸収装置が見えるほどの近さだ。宇宙船が敵の攻撃をさけて横回転し、いすにすわったエズラの体がずれ

た。ディスプレイには、さらに三機のＴＩＥが背後からせまってきていると表示されている。

インターホンから、女性のおだやかな声がひびいた。「今のところ、シールドはもちこたえている。ハイパースペースに入る計算をするから、だれか時間をかせいで」

「ああ、まかせろ！」ききおぼえのある声がインターホンから流れた。あの長髪の男が、反対側の砲塔についているのだ。近づいてくるＴＩＥファイターのコックピットを、レーザーがつらぬき、爆発させた。

エズラはまばたきした。激しい爆発に、一瞬目が見えなくなったのだ。ふたたび見えるようになったとき、やわらかないすからひっぱりだされて、またもや固い金属の床にほうりだされた。見あげると、マンダロアの装甲服を着た女が、ヘルメットをはずすところだった。

女というより、まだほんの少女に見えた。年齢はエズラとあまり変わらないだろう。大きな目、つんとした鼻。虹のようにカラフルな髪は、装甲服のはでなもようとぴったりあっている。

　さっきまでつらかった頭の痛みが、急におさまった。

　少女はヘルメットを置き、いすにすわって攻撃を開始した。いすを回転させて敵を追い、ひきがねをひいて、TIEを撃破していく。

　エズラはびっくりした。この子、プロみたいに砲塔をあつかえるんだ。エズラはなるべく大人っぽく聞こえるよう、なおかつ、わざとらしい感じにはならないように注意して、低い声で話しかけた。「おれはエズラ、きみの名前は？」

　少女はいすを回して向こうを向き、攻撃した。もう一度たずねようとしたとき、だれかにバックパックをつかまれて、宙にもちあげられた。

「おれはゼブだ、おぼえとけ」あのエイリアンが、エズラの目の前でどなった。エズラはまゆをひそめて、顔をそむけた。ゼブの息は、どぶのようなにおいがしたのだ。

「計算完了、これから入り口をさがす！」船内通信機から女性の声が流れた。
「こっちよ」サビーヌは照準が緑に変わらないうちに発射した。三機めのTIEがこなごなになり、脱出路が開けた。
「ハイパースペースに入る」女性の声が告げた。
宇宙船がハイパースペースにジャンプすると、宇宙の何百万もの光が、光の筋に変わった。胸がむかついてはきそうになったが、幸い、胃はからっぽだった。エズラはみっともない姿をさらさずにすんだ。

パート2　宇宙へ、そしてふたたびロザルへ

第8章

エズラはゼブにつかみあげられて、身をよじった。コックピットにほうりこまれる。

「はなせよ、はなせってば！　ロザルに帰してくれ！」

パイロットは、緑色のひふのトゥイレック人の女だった。飛行用ゴーグルをひたいにおしあげている。頭からは、*頭尾とよばれる触手のようなものがはえていた。パイロットは操縦席からふりかえって言った。「落ちついて。帰すわよ、今から向かうとこ」砲塔のインターホンで耳にした、あの女性の声だった。

そのばかげた提案を聞いて、エズラは、「待てよ」と両手を広げた。「今すぐ？　帝国の

*頭尾　トゥイレック人の頭にはえた、触手のようなもの。この動きで気持ちを伝えあうことができる。

やつらに追われてんのに？」

「ＴＩＥファイターはまいたし、この船は偽装できるから、もどっても気づかれたりしないの」

エズラは手をおろした。そんなことが可能なのは、軍用船だけだと思っていたのだ。「そんなことできるって、すごいね」

コックピットを見わたす。この〈ゴースト〉は、すごいどころのさわぎじゃない。これまで宇宙港で目にしてきた、大量生産のＴＩＥや輸送船のどれよりも、はるかに高度な設備だ。オレンジ色の丸いドームをもった、円筒形のアストロメク・ドロイドまでいて、くるくる回る光センサーをエズラに向けている。

エズラはトゥイレック人のパイロットをふりかえった。

「うん、じゃあ、町の近くでおれの荷物といっしょに落とし

て……」

「あれは、あんたのじゃない」背後から、なまいきそうな声が聞こえた。ふりむくと、あのマンダロア人の少女が、長髪の男といっしょにコックピットに入ってきた。

「それに、町へはもどらない。やることがある」長髪の男がつけくわえた。

男がほかに何か言ったとしても、エズラの耳には入らなかった。少女を見つめていたからだ。

少女のほうは、エズラに見向きもしなかった。


夜のおとずれとともに、エージェント・カラスが首都にやってきた。灰一色の身なりで、中央広場を歩いていく。フレキシメタルの装甲服で上半身を守り、長手袋をはめていた。戦闘用ヘルメットからつきだした、ぶあつい板にほおをおおわれて、せめるようなするどい目つきが強調されている。ストームトルーパーたちはカラスをさけて歩いたが、二足歩行の兵器、AT－DPウォーカーは、あいさつするように頭をかしげた。カラスは知らん顔で通りすぎた。

この広場に兵や武器を集めるなんてむだだ。あの荷物をぬすんだ者たちは、とっくの昔にここを去っているのだから。トルーパーはこんなところを走りまわってないで、町の通りをくまなく歩き、どろぼうの手がかりをさがすべきだ。これもまた、わが使命を達成するために見直さなければならない点のひとつというわけだな。

カラスは、まだくすぶっている現場にたどりついた。帝国士官たちが固まっている。カラスはだまって歩きまわり、残っているスピーダーの部品を調べた。犯罪分析家たちが言っていたとおりだ。スピーダーの車体に爆薬がしかけられ、爆発したのだ。さらに、屋根の監視カメラの映像から、はでな装甲服を着た女が、その爆薬をしかけたらしいことが分かった。ただし、カメラの角度からいって、確かな証拠とするのはむずかしい。だがカラスには証拠など不要だった。少々変

わった色の装甲服を着た、それらしき人相の女が、にたようなさわぎを空港で起こしていた。すでに、ロザルの最重要おたずね者リストにのっているのだ。

カラスがいらだったのは、その女が、帝国の監視のもとでそんな行為を二回もやってのけたということだった。よくある、軍の欠点といったレベルではない——命令系統のあらゆる部分に、はなはだしい職務怠慢がみられる。この惑星をすっかり改革するためには、仕事が山づみだ。

惑星ロザルの高位の士官の一人、アカデミーの司令官であるアレスコがカラスのそばに来た。「やつらは、あらかじめワナをはってまちぶせていたようでして」

「そうだろうな。かれらの襲撃はこれが最初ではない」カラスは答えた。

アレスコはふうっと息をついた。「ああ、よかった、いや……それでわざわざおこしになったのですね、エージェント・カラス」

カラスはヘルメットをとった。「帝国保安局は一連の動きに注目してきた。かれらのねらいが、帝国の作戦を妨害することにあるとすれば、たんなるどろぼうで、ことはおさまらない。反乱の火種と考えていいだろう」

アレスコの顔がひきつるのが見えた。たとえ反乱のきざしだけだったとしても、それをゆるした司令官の地位はあぶなくなってしまう。この男は、自分の地位を守るためならなんでもするだろう、とカラスは思った。

カラスは、ブーツのつまさきで、こわれたスピーダーの部品をけった。「次にかれらが行動するまでに手をうっておき、めんどうなことになる前に一気に殲滅しなくては」

カラスは、まだくすぶっている部品をブーツでふみつけ、ふみにじってこなごなにした。

第9章

〈ゴースト〉が着陸したのは、丘のてっぺんだった。貨物ベイの昇降口が開くと、エズラは慎重に外に出た。ロザルではいたるところに見られる、緑の草原が広がっている。

ゼブはランプから、浮かぶ荷物を二つおろした。「ロザルの盗人野郎、どけよ」

エズラは言われたとおりにした。荷物をぶつけられるのはごめんだ。ゼブのあとから、あの長髪の男、ケイナンが、ブラスター銃のはいった荷物をおしてきた。おれからぬすんだ荷物だ。ケイナンのとなりに、トゥイレック人のパイロット、ヘラが歩いている。アストロメク・ドロイドのチョッパーは船内にとどまっていたが、あのマンダロア人の少女は、四つ

めの荷物を持って出てきた。

あの子は、名前を教えてくれなかったな。

ケイナンとヘラは、丘をくだりはじめた。エズラもあとに続く。おれのブラスター銃をもったまま、にがすつもりはないよ。

そのとき、ゼブに肩をつかまれ、ひきもどされた。エズラはたずねた。「なあ、あの二人、どこへ行くんだ？」

「教えてやってもいいがな、そのときがおまえの最期だ」ゼブは、指をエズラの肩にくいこませながら、どすのきいた声を出した。そして手をはなし、ふたたび荷物をおしはじめた。

「あんたもてつだって」マンダロア人の少女が声をかけてきた。エズラに話しかけてきたのは、スピーダー・バイクに飛びのってきたとき以来のことだ。少女は荷物をおしながら、エズラの前を通りすぎていく。

少女がそれほど遠くへ行かないうちに、エズラは急いで荷物を貨物ベイから押しだした。チョッパーが何か信号を発してきたが、エズラは少女から目をはなすことができなかった。少女たちの後ろについて歩くと、やがて丘のふもとの集落にたどりついた。

おせじにも、すみごこちがいいとはいえない場所だ。金くずでできた小屋、再利用品のテント、輸送用コンテナを流用した仮ごしらえのすみか。人間もエイリアン種族も、戸口やどろだらけの道にすわりこんでいる。うなり声や泣き声、不平の声がそこらじゅうであがっている。だれもがつかれはて、腹をすかせて、やけになっているように見えた。ロザルじゅうの貧しい者や不幸な者が、生きられる場所——あるいは死に場所をもとめて、ここに集まってきたかのようだった。

ケイナンは、ここで待っていろと言い、ブラスター銃の荷物を持って、ヘラといっしょに去っていった。今度は、エズラはついていこうとはしなかった。そんなことをしたら、腹をすかせた人々が飛びかかってくるような気がしたからだ。ゼブやあのマンダロア人の少女といっしょに残っているほうがいい。

エズラはもう一度、貧しい集落を見わたした。この星の草原をくまなく旅してきて、人里はなれた貧しい集落もいろいろ見てきたが、これほどひさんな場所はなかった。「ずっとロザルで育ってきたけど、ここは初めてだ」

「帝国は表に出したくないから」マンダロア人の少女が言った。

ゼブがぶっきらぼうにつけくわえた。「ここは〈ターキンタウン〉とよばれてる」

「銀河の外縁部を支配する、帝国の実力者、グランド・モフ・ターキンにちなんでね。そいつに農場をうばわれ、むりやり移住させられた人たちよ」

「さからった住民はみんな、反逆罪で逮捕されたんだ」

エズラは、市場で逮捕されかかった果物売りを思いだした。ただ自分の意見をのべただけで、司令官にその重罪を言いわたされたのだ。「反逆罪……」

数人の難民がのろのろとこっちに向かってくる。ろくに栄養をとっていない体はやせおとろえ、顔はげっそりとしていた。エズラは荷物の持ち手をにぎりしめながら、後ろに下がった。ゼブと少女は、自分たちが持ってきた荷物のふたをあけた。

「食いもんだ、持ってけ！」そう言って、ゼブが箱の中からとりだしたのは、ブラスター銃ではなく、果物だった。

のろのろ歩いていた住民が、いそいで集まってきた。集落じゅうの難民たちが飛びだしてくる。どうやら、何日も食べていなかったらしい。ゼブと少女は、うえた人々の手に、果物や食べ物の包みを配った。エズラはおどろいて目をみはった。まさか、このために荷物をぬすんだのか？　貧しい人々を助けるために？

茶色のジャンプスーツを着た、緑色のはだのエイリアンが、エズラの肩にしわだらけの手をおいた。「ありがとう。本当にありがとう」鼻にかかったキーキー声だ。

エズラは顔をこわばらせた。「おれ……何もしてないのに」そう、まだ、持ってきた荷物をあけもしていないのに。

エイリアンは気にするようすもなく、にいっと笑って、歩みさった。ゼブと少女のまわりにはさらにおおぜいの難民がむらがっている。うれしそうに、二度、三度とおかわりしに

くる者もいる。エズラは人ごみから少しはなれた場所で、いごこちの悪い思いをしていた。宇宙船の中でさわぎを起こしたことを反省していたのだ。ケチだった自分にも腹がたった。これまで、おれにありがとうと言ってくれた人なんて、片手で数えられるほどしかいなかったな。

エズラは荷物をおいて、〈ゴースト〉にもどっていった。

ケイナンとヘラが入っていった広場には、きずだらけのIG−RMウォー・ドロイドたちがいた。状態は悪そうだが、見かけによって基本的な性能——撃つこと、殺すこと——が左右されるわけではない。ヴィザーゴはつねに、ドロイドの武器と内部回路を万全の状態に保っていた。

ケイナンは荷物を前にして、すっくと立っていた。内心の読めない冷静な表情をつくって、この場にいることへの嫌悪感をうまくかくしている。ヴィザーゴのように、自分勝手であてにならない、不快なやつと仕事をするのは大きらいなのだ。ヘラは、そんな相手と手を組むのも必要悪だとケイナンに言ってみたことがある。なんといっても、ヴィザーゴはわたしたちと同じ、帝国と戦う同志なのだからね。それでも、ケイナンが納得していないのは分かった。ケイナンの視線は、ドロイドの群れをなんども往復した。この取り引きがうまくいかなかったときに、すばやく逃げられる方法を考えているようだ。

ヴィザーゴが歩いてきて、広場に顔を見せた。歓迎のしるしに大きく腕を広げ、するどい歯をむきだして笑っている。つるつるした頭には、するどくとがった二本の黒いツノがはえている。長くのばした指のつめも、黒くとがっていた。耳にはたくさんの耳飾りをつけ、いかにも悪の親玉といった感じだ。ヘラはヴィザーゴとだきあってあいさつしたが、ケイナンはそうしなかった。

ヴィザーゴは怒りもせず、ビーズのような丸い目で荷物をじっと見た。ふたをあけて中を確かめ、さらににんまりと笑

う。「こいつを手に入れるのは大変だったんじゃないか」

ヘラはケイナンをちらっと見た。首都での追いかけっこについては話さないとうちあわせていた。ヴィザーゴにあたえる情報は、少なければ少ないほどつごうがいい。

「どうってことなかった、ヴィザーゴ。おまえの情報は正しかった」ケイナンはそう言って、小さな声でつけくわえた。「今回はね」

ヘラはそのセリフが相手の耳にとどかないよう、あわてて言葉をつないだ。「ブツは手に入ったし、ひっかき傷でも、帝国に傷をつけた。それが大事」

ヴィザーゴは荷物のふたをしめた。「おれにとって大事なのは商売だ。ほかのことはどうでもいい」ヴィザーゴが合図をすると、金の入った器をかかえたウォー・ドロイドが一人、前にすすみでた。

ヴィザーゴはその金を数えながら、ケイナンにわたしたが、約束の金額の半分になったところで、手をとめた。

「もったいぶるな」ケイナンが言った。

ヘラは息をのんだ。ヴィザーゴはケチなことで有名だが、おろかな男ではない。料金を

ねぎろうとするなら、金の問題以外に、それなりの理由があるはずだ。

ヴィザーゴは金をつまみあげた。「いや、なに。残りをわたすか、おたくらが知りたがっていた情報とひきかえにするか、考えてたんだ。帝国の捕虜になったウーキーの居場所を知りたがっていただろう」

「分かったの？」ヘラが、思わずたずねた。

ヴィザーゴの赤いひとみがヘラに向けられた。「そうだ」ヴィザーゴの笑みは、とても信頼できそうには見えなかった。

第10章

エズラは、宇宙船〈ゴースト〉の近くの草地にすわって、ターキンタウンを見おろした。頭の中は疑問でいっぱいだ。〈ゴースト〉の乗組員が本当に慈善事業をやっているのなら、ブラスター銃をうばって帝国を怒らせる必要があっただろうか？　別のだれかから、食べ物をぬすめばよかったのでは？

あいつらの正体はなんなんだ？　やることなすこと、なにもかもが秘密なのはなぜだ？

あのマンダロア人の少女は、どうして名前も教えてくれないんだ？

草原を風がふきわたっていく。エズラは両腕を体にひきよせた。どれくらいでもどってくるか、ケイナンたちは教えて

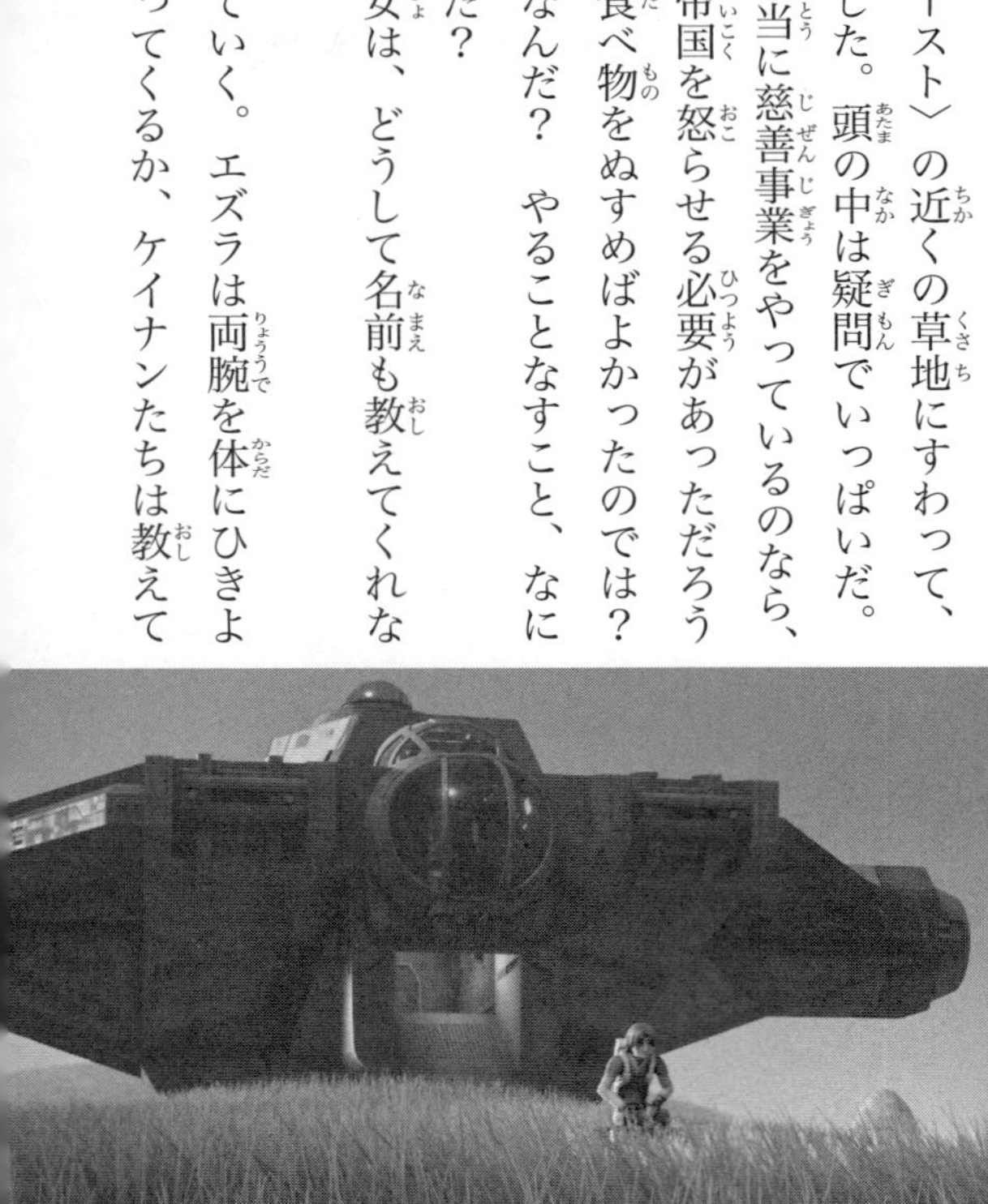

くれなかった。平原の夜は寒い。エズラは宇宙船をふりかえった。船の中のほうがあたたかいというわけではない。赤外線探知機にひっかからないよう、ヘラはいつも暖房を最小限にしていた。船の中が寒くても、みんなは平気で宇宙を飛びまわっているらしい。

〈ゆうれい〉か。ぴったりの名前だな。エズラには、その宇宙船がうすきみわるく感じられていた。

エズラはじっくりと、宇宙船をながめた。その中にある何かに、心がひきつけられる。町で感じたのと同じ、落ちつかない気分になった。そのせいでエズラは、一人でここまでもどってきたのだ。何かが、中に入れとエズラをよんでいる。たくさんの疑問の答えが、そこにあるのだろうか？　それが何なのか、つきとめなければならない。

エズラは立ちあがって、ランプをのぼり、〈ゴースト〉の中に入った。

貨物ベイは暗かった。チョッパーが明かりをおとしてしまったらしい。だが、目で見なくともエズラには行き先が分かった。まるで糸でひっぱられるような感じだった。はしごをのぼり、主通路に入る。

足元に非常灯がならんで光っていた。船の中を足音がひびきわたる。コックピットは通路のつきあたりにあり、スタンバイ中の機器が点滅しているのが見えた。チョッパーはそこのモニターに自分を接続しているのだろう。あのドロイドは何か秘密をかくしているのだろうか。エズラはコックピットに向かった。しかし、コックピットに近づくにつれ、自分の行くべきところからはなれてしまうような気がした。

エズラは足をとめ、ふりかえった。通路のかべに、めだたないドアがある。一歩近づいてみた。さらにもう一歩。ここだ。このドアの向こうに、エズラをここまでまねいてきたものがある。

ドアにはかぎがかかっていたが、そんなものは一分もあればあけられる。コックピットの複雑な機器にくらべると、このかぎはずっと単純なものだった。

エズラはバックパックからアストロメク・ドロイドのアームをとりだした。アームを操作して、かぎあなの中につっこむ。ドアに耳を近づけ、息をひそめて、かぎのしくみを音で判断しようとした。

アストロメク・ドロイドのアームを動かす。最初は何も聞こえなかったが、やがてカチリと音がして、ドアが開いた。

エズラはアームをバックパックにもどし、中に入った。僧の住まいのように簡素な部屋だ。ベッドはうすいマットレスだけで、毛布もない。そこで寝る者などいないかのようだ。だが、だれかがいたのはまちがいない。エズラは、あの長髪の男、ケイナンの気配が部屋にただよっているのを感じた。ここはケイナンの部屋なのだ。そして、ここには何かがかくされている。

自分の直感を信じて、エズラはかた手をあげ、空中で動かした。指先が何かをちくちくと感じる。手のひらは、流れにうかぶ船のかじのように働いた。その流れにしたがって、エズラはベッドの下の部分を見た。

ひざをついて、その側面をさわる。なめらかで冷たかったが、みぶるいはしなかった。むしろ、さわやかな気分になった。

指先に、切れ込みがふれた。ちょっと見ただけでは気づかないような、細い切れ込みだ。その切れ込みは直角にまがり、また直角にまがり、さらにまがって、長方形をかたどっていた。これが、おれをひきつけてきたものか？　かくしパネルのようなもの？　エズラはその長方形の部分に、手のひらをおしつけた。どこかで、かぎがあくときのような、カチリという音が聞こえ、引き出しが飛びだしてきた。

引き出しの中には、立方体のものが入っていた。エズラは心をうばわれ、それを手にとった。宇宙港のとばく場で見た、さいころににているが、これは中身が透けて見える。たぶん、最近はやっているパズルのおもちゃなんだろう。エズラはそれをねじってみたが、少しも動かせなかった。

エズラはそれをポケットに入れた。もしかしたら、宝石みたいに貴重なものだと考える人がいるかもしれない。

引き出しの奥に、もうひとつ何かがあった。エズラはひっぱりだして、手に取ってみた。

それは円筒形で、懐中電灯ににていたが、電球はついていない。エズラの手にしっくりとなじみ、ふってみろとそそのかされているような気がした。エズラがそれをふったとき、親指がぐうぜん、筒の中ほどについたボタンをおした。

おどろいたことに、筒の先から明るいブルーの光線が出てきた。光線の長さは、一メートル近くもある。しかし、少しも重くなったようには感じず、むしろ、バランスが取れたように思われた。光の筋を前後に動かしながら、エズラは周囲のようすをくっきりと感じとっていた。部屋の大きさも、空気の成分も感じられる。まるで、身体と精神の両方が進化したようだった。光の剣は腕の延長であり、意識の延長でもある気がした。

「気をつけろ、ケガをするぞ」

エズラはくるっとふりむいた。戸口にケイナンが立っている。その後ろにはヘラとチョッパーもいた。チョッパーはガルルルル……と機械音をたてて笑った。エズラは顔をしかめた。船の中にドロイドがいるってのに、うろうろするなんて、バカだったな。チョッパーに告げ口されたんだ。

自分の部屋にエズラがいるのを見つけたケイナンは、不愉快そうだった。

エズラは光の剣をかまえた。「こいつによばれた気がしたんだよ。たぶん信じてもらえないだろうけど」

ケイナンは視線を動かさなかったが、エズラの全身を見つめているように見えた。「そのとおりだ。信じられないね。さあ、ライトセーバーをよこせ」

「ライトセーバー？」エズラは、自分がもった剣をながめた。町に住む、年老いた元宇宙船乗りたちに、そんな武器の話を聞いたことがある。共和国時代のふしぎな戦士たちが使っていた、レーザーの剣だ。「じゃ、これ、ジェダイの武器なのか」

「早くわたせ」ケイナンが手を出した。

エズラはためらった。ジェダイの騎士は、さわらずにもの

を動かしたり、心を読んだりする特別な力をもっていたという。たぶん、ケイナンはその生き残りの一人なのだ。ジェダイなんてものが、子どもをねかしつけるためのおとぎ話でなくて、本当に存在したとしたらだが。

とはいっても、ケイナンはジェダイらしく見えない。特別な力を使って、剣を手元にひきよせようともしない。ただ手を差しのべて、剣をわたせと言っただけだ。

エズラはもう一度剣をふってから、ボタンをおして刃をしまった。自分も小さくなったように感じられた。エズラは、しぶしぶケイナンの手に剣をわたした。

「出ていけ」ケイナンが言った。

エズラはうなだれて、ヘラの視線とチョッパーの光センサーをさけながら出ていった。通路に出ると、気分は軽くなった。エズラは、あのふしぎな立方体をポケットからとりだして、ぎゅっとにぎりしめた。

第11章

サビーヌは、草食動物、バンサの乳をコップに注いで、調理室のカウンターにもたれた。宇宙船〈ゴースト〉のかべはうすいので、ケイナンの部屋の会話はつつぬけだった。エズラって子は、ほんとにトラブルメイカーね。こっそり船にしのびこんで、部屋のかぎを開けてしまうなんて。ドアに爆薬をしかけていたらもっと感心しただろうけど、それでもまあ、なかなかのもの。

エズラが調理室に入ってきた。サビーヌにほほえみを見せたが、話しかけてはこなかった。まだ気持ちが落ちついていないらしい。そこでサビーヌのほうから話しかけた。「指示に従うのが苦手みたいね」

エズラは笑みをうかべたまま、答えた。「慣れてないから。きみは？」

「得意とは言えないかも」サビーヌは乳をひとくち飲んだ。

エズラはサビーヌに近づいてきた。「きみたち、何者なんだ？」サビーヌはまゆをあげてみせた。「コソどろじゃないのは分かったけど」とエズラは続けた。

「何者でもない。仲間よ、チーム」

そして少し間をおいて考えた。これまで、あんまり考えたこともなかった質問ね。「ある意味、家族みたいなもの」

エズラはそこで足を止めた。止まってくれてよかった、とサビーヌは思った。もしこれ以上近づいてこられたら、下がれって言わなきゃいけない。そばにこられるのは苦手だ。

「ほんとの家族はどうしてんの？」エズラがたずねた。

その問いなら、わたしも毎日考えつづけている。終わりのない爆発のように、いつも、いつまでも。「帝国にね……あんたの家族は？」

エズラは顔をそむけた。なるほど、この子がよろいの下にかくしているのは、それね。ひさんなできごとが、家族をお

そったんだ。サビーヌは同情した。そのつらさは知っている。だけど、いずれはわすれなきゃいけない。感傷的なタイプの者は、きびしい銀河系で生きのこれない。

ゼブが、チョッパーをしたがえて、どかどかと入ってきた。エズラには見向きもせずに言う。「よお、ケイナンがお呼びだぜ」

サビーヌはうなずき、乳を飲みほした。ゼブは、ずんぐりした指でエズラを差しながら、チョッパーに話しかける。

「おかしなまねしたら、警報を鳴らせ。撃ってもいい」

チョッパーがすかさず疑問をなげかけた。サビーヌもおかしいと思った。チョッパーにできる攻撃といえば、電気ショックをあたえるくらいしかないのに、いったい何を撃てっていうのかしらね。

「だまれ。見はってろ」ゼブがチョッパーに言った。

ゼブは足音もあらく出ていった。サビーヌもコップをおいて、後に続いた。戸口でふりかえると、エズラはどろぼうの名人というよりも、くりくりとした目のただの少年に見えた。

「サビーヌ。わたしは、サビーヌよ」

エズラは口を開き、何かを言おうとしたが、言葉が出てこなかった。この子、わたしのこととっても好きみたいね。この先いつか、役に立ってくれるかもしれないな。

談話室に向かうとちゅうで、チョッパーがエズラをあざ笑う電子音が聞こえた。人を好きになる気持ちについて、人間の少年よりもドロイドのほうがよく知ってるなんて、おかしなものね。

「新しいミッションだ」ケイナンが言った。

ゼブは〈ゴースト〉の小さな談話室で、サビーヌのとなりにすわっていた。新しいミッションとは、喜ばしい。コソどろをはたらく人間の子どもを見はりながら、〈ゴースト〉にとじこめられているのは好きじゃなかった。おれにふさわしい場所は、前線だ。ストームトルーパーたちの頭をぶつけあわせ、おれの種族がされたことを、そっくり帝国にお返ししてやるぜ。

ケイナンはミッションの説明を続けた。「ヴィザーゴから、ウーキーの捕虜を運ぶ輸送船の飛行計画を入手した」

ケイナンのそばに立ったヘラが言った。「その捕虜が、わたしたちと手を組んで、帝国と戦おうとしていたウーキーかどうかは、分からない。ヴィザーゴにも、捕虜の身元は特定できなかったの。だけど、捕虜の多くは旧共和国軍だったらしい」

手を組むはずだったウーキーの戦士の名は、ワルファロといった。クローン大戦時代の、共和国の偉大な戦士の一人だ。だがゼブにとって、ウーキーの捕虜の身元などどうでもよかった。ウーキーはいいやつらだ。おおぜいが命をかけて、おれの星、ラザンでの殺戮をふせごうとしてくれたんだから。「あの連中には借りがある。仲間がおおぜいすくわれた」

「わたしの仲間も」ヘラが言った。

ヘラは、自分の過去の話をゼブに語ったことはなかったし、ゼブもたずねたことはなか

った。しかし、ヘラがにたような経験をしていることはなんとなく分かった。帝国がヘラの種族トゥイレックのどれい化をすすめたときに、ウーキーがすくってくれたのだ。もしかしたら、ヘラ自身も助けられたのかもしれない。ゼブはあえて確かめようとはしなかった。ヘラが自分から身の上話をしたくなったら、聞けばいい。

「ウーキーをすくいだすのなら、短時間でケリをつけなきゃならない」ケイナンが話を続けた。「どこの強制収容所に送られるのかは分からないから、とちゅうで輸送船をおそうしか手はない。そこで、おれに考えが……」

かべで何かが音を立てた。宇宙寄生虫、マイノックが電線をかじっているのか？　ゼブはこの寄生虫が大きらいだった。秩序ある銀河で、これといって目的もなく生き、宇宙船のエネルギーをすいとって、めいわくをかけることしか考えていないように見える。

ケイナンはボタンをおして、保管庫のとびらをあけた。エズラがころがりでてきた。

みんなが責めるような目つきでゼブをにらんできた。たしかに、エズラのめんどうをみろとケイナンに言われていたのだが、そもそもそれが不公平だ。おれはラザンの兵士であって、乳母ではない。「チョッパーは何をしてたんだ！」

チョッパーが、グルルルル……と電子音でいいわけしながらころがりこんできた。ドロイドを信用するなんて、おれのほうがまちがっていた。チョッパーが指示に従ったことなど、一度もないのだから。

エズラはあわてて保管庫の中にもどろうとした。ゼブがその首ねっこをつかんでひきもどす。「どっかにほうりだそう」いまいましそうな声で、ケイナンとヘラに言った。

そこで口を開いたのは、サビーヌだった。「待って。ダメよ」

エズラはもがくのをやめて、サビーヌを見た。ゼブは、目を丸くして見つめるエズラの表情に気づいた。なんてこった。十代の子どもの恋愛ごっこなど、船の中では願い下げだな。

さいわい、サビーヌのほうにそんなつもりはみじんもなかった。ケイナンとヘラに視線をうつし、こう告げたのだ。「この子は知りすぎてる」

ゼブの手につかまれたまま、エズラはがっくりと肩をおとした。人間ってやつは、こんなにもうたれ弱い生き物なんだな、とゼブは思った。ラザンでは、もし異性に好かれなければ、好かれるまで才能を見せつけてやるもんだが。

「家まで送ってやってる時間もないしね。もう出発しなきゃ。この子はわたしがめんどう見る」ヘラが言った。

ケイナンは迷うような目つきでヘラを見た。少なくとも、エズラにこの船をうろうろされては困る、という点ではゼブに賛成だ。だがおれが賛成すれば、ゼブはこの子をしまってしまうだろう。ヘラがめんどうを見てくれるというなら、それは結構なことだ。おれはウーキーを助(たす)けなければならないのだから。

第12章

エズラは、どうやらハイパースペースに慣れてきたらしい。コックピットの窓の外を光の筋が流れても、今度は胃のぐあいが悪くならなかった。ただ、頭は混乱した。あの光の筋が、惑星とか太陽とか、ほかの宇宙船だなんて、とても信じられない。

となりのパイロット席で、ヘラは航行用コンピュータの座標を何度もチェックしている。たったひとつでも計算ミスがあったら、ルートが天体にひっかかってしまうことがある。そうなれば一瞬で、自分でも気づかないうちに、この世とおさらばだ。

「あまり心配しなくていいよ」ヘラは安心させてくれた。「ハイパースペースの通路のほとんどは、何百万ものパイロットが長年計測し、テストしてきた安全なものなの。危険なのは、ハイパースペースをぬけてから、わたしたちがやろうとしていることのほう。捕虜をすくいだす計画を、あらかじめテストすることはできないからね」

「あんたたち、どうかしてんじゃないの。帝国相手に、コソどろくらいならともかく、捕虜の奪還はやりすぎだって。そう思わない？」ヘラはハイパースペースから出るレバーを引いた。「思わない」

光の筋が消えた。目の前に、強大なエンジンを備えた箱型の宇宙船があらわれる。TIEファイターを中に格納できるほど大きくはないが、船底には四機が装着されていた。エズラはごくりとつばをのみこんだ。またもや、胃がおかしくなってくる。

ヘラは通信機でよびかけた。「帝国輸送船651、こちらスターバード、応答願います」

スターバードというのは、こんな状況で使う、船の偽名のひとつだ。この船の正式名〈ゴースト〉を教えてもらえるのは、ごくわずかのめぐまれた者だけだ。だがエズラは、そんな名前知らなくていい、と思った。自分のねぐらの通信タワ

ーにもどって、ホロパッドからバッテリーをぬきだしてるほうがずっと楽しいよ。

そのホロパッドのコマーシャルで流れていたような、えらそうな声が通信機からひびいてきた。

「目的を言え」

ヘラは少しもたじろがなかった。「商売よ。賞金付きのウーキーを移送中。そちらに移せという指令を受けた」

「何も聞いてないぞ」

エズラは緊張した。ヘラは、だいじょうぶよ、とエズラに笑いかけて、話しつづけた。

「なら、いいわ。ターキン総督からもう金はもらってるし、このでかいのに用がないなら、こっちでしまつする。捕虜が一人へったいいわけは、あんたが考えるのね」〝ターキン総督〟のところがよく聞こえるように、声を大きくした。

返事はなかった。帝国の輸送船は、武器を起動させたままだ。TIEのコックピットにいるパイロットが見える。ヘラは、ハイパースペースのレバーに手をかけた。またジャンプさせないといけないかもしれない。航路を計算している時間はないから、危険きわまりないジャンプになるだろう。

「接舷を許可する。１番ベイだ」通信機から声がひびいた。

エズラはほっとして力をぬいた。この人たち、さすがだな。うまくやるもんだ。

数時間前、ゼブはケイナンに、子どものおもりをしろと言われたばかりだ。今度はもっとばかげたことをさせられそうになっている。捕虜になったウーキーのふりをしろだと？

「そんな計画、うまくいかないぜ、ケイナン。おれはウーキーになんか似てないし」ゼブは反論した。

「帝国に、そんなちがいが分かると思う？」そう言って、サビーヌは、ゼブの武器、ボウライフルをかべにたてかけた。

ケイナンは、ゼブの手首に手錠をかけた。「ウーキーらしくふるまえばいいんだ」

人間め、かんたんに言ってくれるもんだな。この仕事が終わったら、ウーキーとラザンの種族がどれほどちがうか、二人に教えてやろう。

ゼブは二人にはさまれながら〈ゴースト〉のエアロックに立ち、ウーキーらしく見えるよう胸をはった。ウーキーたるもの、たとえとらわれの身となっても、決しておびえたりはしない。ただ、この手首は、どうにもがまんならん。

「指を動かすのはやめろ。手錠に注意をひいてしまうぞ」ケイナンが言った。

「痛いんだよ。きつくしめすぎだ」

「かわいそうに」サビーヌの、ヘルメットごしの声が聞こえた。

「もしこれで血がとまったら、かわいそうな目にあうのはそっちだぞ」手を動かせないんじゃ、ストームトルーパーの頭をたたきのめしてやれないじゃないか。力仕事が全部、二人にまかせっきりになってしまう。

ケイナンに、だまれ、と合図され、ゼブは口をつぐんだ。エアロックのドアが開きはじめている。向こうがわにいる、

ストームトルーパー二人の白いブーツが見えた。ヘルメットが見えるのがまちきれないぞ。

ストームトルーパーは、ゼブをじっと見つめた。「こいつがウーキーだと？」

ゼブは胸の中で毒づいた。こいつら、ロザルの新兵みたいなもの知らずじゃないな。

「毛のはえてないウーキーって見たことないか？」ケイナンが言った。

あのガキと同じセリフで、ケイナンにぶじょくされるとは。ウーキーの救出が終わったら、たっぷりと文句を言ってやるぞ。

とりあえず今は、ウーキーのまねをして、うなり声を出してみせる。身長や力はウーキーと同じくらいだが、喉のつくりはちがうので、あまりウーキーらしくない声になってしまった。

ストームトルーパーたちは顔を見あわせた。ゼブの演技はどうやら通用しないらしい。

「ええい、めんどくせえ！」ゼブはさっと腕をふり、手錠をひきちぎって、トルーパーを一気にぶっとばした。二人ともそのまま、おきあがってこない。

サビーヌとケイナンに、にっと笑ってみせる。「だませるわけねえだろ」

「手を出すのが早すぎなのよ」

「ああ、こいつらのヘルメット見ると、手がかってに動いちまう」ゼブは手首をこすった。どっちみち、ウーキーだってこうしただろうしな。

ケイナンはエアロックをぬけ、帝国の輸送船に入った。

「作戦は分かっているな、行くぞ」

チョッパーが〈ゴースト〉から出てきて、サビーヌのそばについた。二人はドッキング・ベイを通りぬけて、別の通路に入る。ゼブはボウライフルをせおって、ケイナンが入っていった通路を急いだ。

エズラは〈ゴースト〉のコックピットで、通信機を通して様子を聞いていた。この計画はむちゃだと思ったが、実際に

はうまくいっている。ケイナンは、おれが言った〝毛のないウーキー〟ネタまで使ってたな。

「警備があまい、だれもいな……」

雑音が入って、ケイナンの報告がとぎれた。ヘラは通信機のスイッチを動かし、次々にコードネームをよびかける。「スペクター・ワン、どうぞ。スペクター・フォー？　スペクター・ファイブ？　うう、通信が切れた」

機器をこまかく調整するヘラを、エズラは見つめた。コックピットの、何百個もあるスイッチやダイヤルの操作をすべてこころえているらしい。スピーダー・バイクが運転できるなら、宇宙船も運転できるだろうなんて思ってたのは、とんでもないまちがいだったなあ。

「ちがう、切れたんじゃない、妨害だわ」ヘラは調整をあきらめた。

エズラは背すじをのばした。直感が、何かを告げてくる。

窓の外の宇宙を見つめた。「何か、やってくる」

ヘラは通信台から顔をあげた。外には、たくさんの星しか見えない。

「エズラ、何も見えな……」

その瞬間、ハイパースペースから、三角形の巨大な宇宙船があらわれた。エズラのねぐらの上を飛んでいったのと同じやつだ。

「帝国軍の、スター・デストロイヤーよ！」

「これってワナじゃないの？」

「どうやらそのようね」

何もかも、まちがいだった。ケイナンたちがやすやすと輸送船に乗りこめたのも、ワナだったからだ。帝国は今度こそ〈ゴースト〉の乗組員をにがさないよう、自分たちの船にとじこめたのだ。

みんな、殺されてしまう。

エズラはこおりついたように固まっていたが、ヘラには、はっきりと分かっていた。仲間を助けるために、すばやく行

動しなければ。

「エズラ、輸送船に行ってみんなに警告を」

「おれが？　あんたが行けよ」

ヘラはふたたび通信台にむかって、ダイヤルやスイッチを動かしている。

「わたしは逃げる用意をしないと、まにあわなくなる」

「やだ、ごめんだね。他人のために命をかけられないよ」

ヘラは顔をしかめて、エズラを見た。

「ケイナンはあんたにそうしたでしょ」

ヘラの言うとおりだ。ケイナンは、TIEファイターのレーザー・キャノンで撃たれそうになっていたおれをすくってくれた。だけど、そもそもおれがこんな船に乗るはめになったのも、ケイナンのせいじゃないか？　ケイナンとゼブがスピーダー・バイクでおれを追ってこなかったら――あの荷物がおれのものになっていたら、命が危険にさらされることもなかったはずだ。おれの命も、たぶん〈ゴースト〉のみんなの命も。

エズラは顔をそらした。だが、宇宙船の窓に映ったヘラの顔が、エズラを見つめていた。

「自分のためだけに戦う人生なんて、なんの価値もない」

ヘラの言葉を聞いて、エズラはもう一度考えた。想像してみる。ストームトルーパーに追われ、輸送船の通路を逃げるケイナンとゼブ。急いで動きすぎて、蒸気をあげるチョッパー。ものかげから、銃をもった兵士がサビーヌをねらっている。

「みんなは、あんたを必要としてるのよ」

今までだれにも、必要とされたことなんてなかった。それどころか、だれかを必要としたこともなく、それをほこりに思っていた。一匹オオカミとして、一人で生きてきたのだ。だれの命令も受けず、やりたいことだけをやってきた。だれかが自分を助けるかどうかは、その相手が決めることだ。助けてもらえなくても、うらんだりはしない。世界は自分に優しくはなかった。おれも同じ態度でお返ししたい。

「みんなは今、あんたを必要としてるのよ」

〈ゴースト〉の船体がゆれ、ボルトがきしんだ。スター・デストロイヤーのトラクター・ビームが輸送船をとらえ、ドッキングしている〈ゴースト〉もろとも、引きよせはじめたのだ。デストロイヤーの船腹にぽっかりと開いた、黒い口に向かって。

窓に映っていたヘラの顔が消えた。エズラは、そこに映った自分の顔をじっと見つめた。

第13章

エージェント・カラスは、スター・デストロイヤーの艦長に命じて、優秀なストームトルーパーを集めさせた。信頼できるトルーパーだ。装甲服を身につけたばかりの、ロザルの志願兵ではない。この戦艦に搭乗する資格を手に入れた、すぐれた帝国兵士である。帝国のスター・デストロイヤーに搭乗するには、エリート養成機関で訓練を受け、さまざまな条件でたくさんのテストに合格しなければならないのだ。

カラスは短く命令した。「乗船に備えろ」訓練を積んだ兵士には、それだけでじゅうぶんだった。

カラスはヘルメットをかぶり、武器置き場からブラスター銃を取ると、兵士の先頭に立ってドッキング・チューブに向

かった。

ヘラは、スター・デストロイヤーのすばやさにおどろいた。帝国が短い年数で銀河のすべてを支配できたのは、そのすばやさがあったからだ。帝国をくずすには、〈ゴースト〉のメンバーだけではたりないだろう。帝国の兵士よりもさらにすばやい軍隊が必要だ。長い戦いになるだろう。ここでエズラが助けてくれなければ、もっと長びくかもしれない。

ヘラはエズラの腕をつかんだ。「ねえ、いい？ ケイナンたちは、捕虜を救出できると信じて、輸送船に乗りこんでる。それが敵のワナだなんて、これっぽっちも気づいてない」エズラが返事をしないでいると、ヘラは声を高めた。「行って教えてやらないと、エズラ――今すぐ！」

「ムダだよ、もう手おくれだ。おれたちだけでも逃げよう」

「本気じゃないよね」ヘラはエズラの体を回し、目をあわせた。エズラはひるまず、目もそらさなかった。

「本気だよ、本気で本気」

ヘラはつかんでいた腕をはなした。この子、ケイナンよりも強情っぱりだ。だけど、おびえてもいる。なんといっても、まだ子どもなんだから。こんなことをたのむべきじゃないんだろう。

「なのに、おれ、いったいどうしちゃったんだろ！」エズラは立ちあがり、バックパックのひもをしめて、コックピットからかけだしていった。

「いい子ね」

ヘラには分かっていた。エズラはケイナンと同じように強情なだけでなく、ケイナンと同じ気持ちをいだいている。心の底では、わたしたちと同じ、反乱者なんだ。


カラスとストームトルーパーたちは、スター・デストロイヤーから、チューブを通って、輸送船のドッキング・ベイに移動した。名前は知らないが、輸送船の船長が進みでてくる。

「ようこそ、エージェント・カラス」

カラスたちはベイの中を歩きつづけた。船長は急いでその後を追った。「やつらは、ワナとも知らず営倉に向かっております。そこにはストームトルーパーを配備しておきました」

カラスは船長の顔を見ようともしなかった。船長はほめてほしがっている。これまでほめられたことがないのだ。帝国では、みながきちんと自分の仕事をし、命令を守るもの。さもなければ、待っているのは失敗だけだ。

カラスには、船長にくだされる評価がすでに分かっていた。だからこそ、自分の部下を連れて乗船したのだし、船長の名もあらかじめ確かめようとしなかったのだ。

カラスは輸送船のメイン通路に入った。後には、カラスの態度にショックを受けて口をつぐんだ船長がとりのこされた。

ケイナンは先頭に立って、輸送船の灰色の通路を急いだ。ここまで、なんの抵抗も受けなかった。マウス・ドロイドが

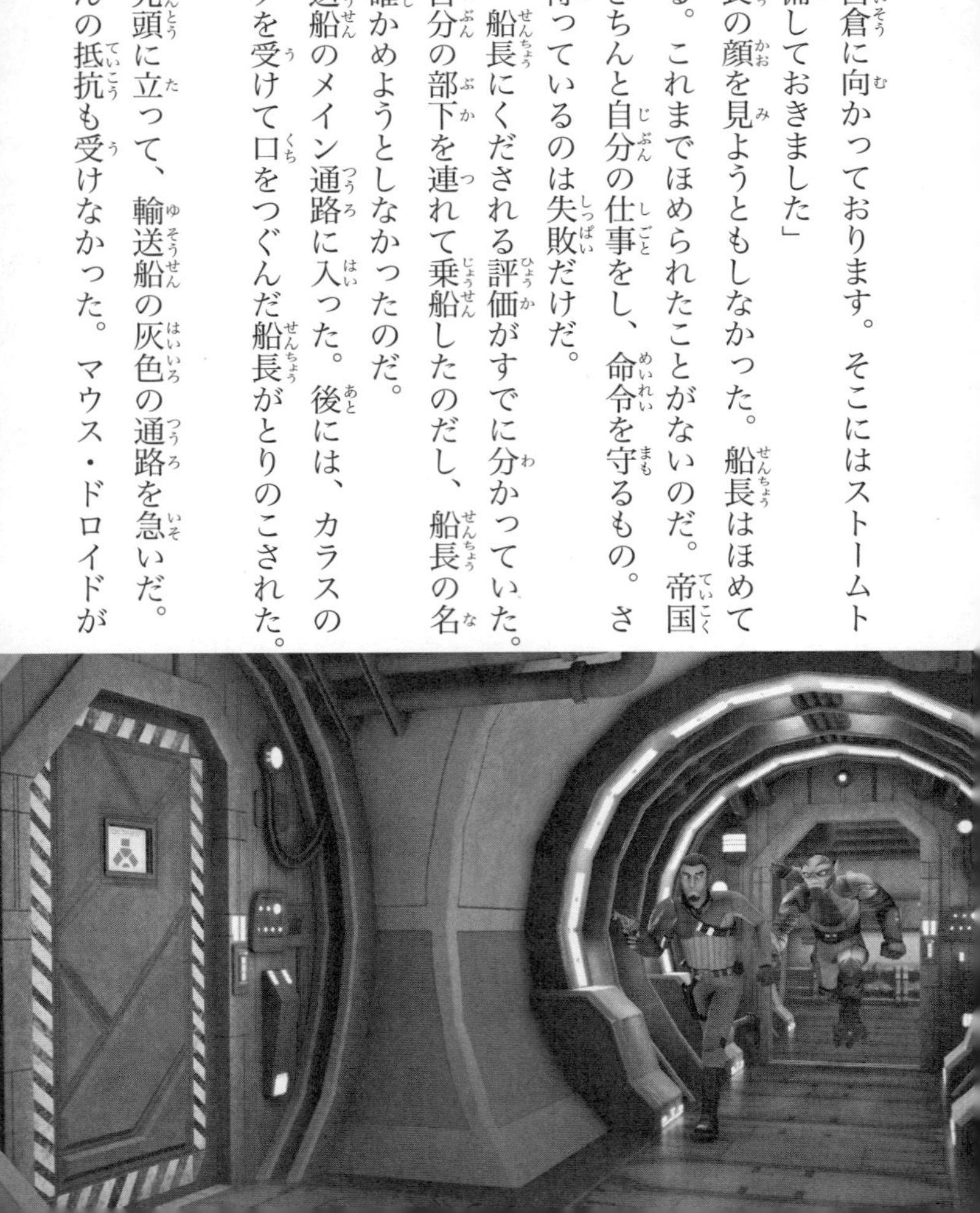

一体だけ出てきたが、ゼブが足でふみつぶしてしまった。通路のかどを曲がり、囚人をとじこめる営倉を見つけた。がんじょうなドアがついているが、これまで同様、人影はまったくない。「ドアにみはりもいない」

ゼブが前に出て、ケイナンのとなりにならび、ドアを見た。

「爆薬でロックをこわして、捕虜を連れだそうぜ。前のミッションとくらべりゃ、ちょろいもんだ」ケイナンはドアに爆薬をしかけた。

「ワナだ！　早くにげなきゃ！」少年の声がひびいた。ケイナンがふりむくと、エズラが通路を走ってくる。

「この野郎！」ゼブがうなった。「またじゃまをしやがる！」

エズラは床をきしませて足をとめた。「ウソじゃない、ワナだよ！　ヘラに言われて来たんだ」

ドアが開き、白い装甲服を着た兵士たちが見えた。

「逃げろ！」エズラがさけんだ。

ケイナンとゼブは逃げた。エズラは電磁パチンコのねらいをつけ、エネルギー・ボールをドアの起爆装置にぶつける。

ドアは爆発し、ストームトルーパーたちはふっとばされた。通路にけむりがたちこめる。

三人は走った。ケイナンはコムリンクをためしたが、信号は入らなかった。

「サビーヌとチョッパーにも警告したいけど、無線を妨害されてる」エズラが言った。

「作戦通りなら問題ない」ケイナンが言った。自分でそう信じていたわけではない。リーダーらしく、その場を混乱させたくなかっただけだ。

だがエズラには、そんなつもりはいっさいなかった。

「その作戦がばれてるんだって！」

かどを曲がったところで、ストームトルーパーの小隊が通路をふさいでいた。灰色ずくめの男が小隊を指揮している。ケイナンはその制服を見て、地位を示す記章を確認した。

帝国保安局のエージェントだ。

ゼブは小さな声で毒づいた。ケイナンもその言葉を口にした。まったく、このくそったれめ。

べつに文句があるわけじゃないけど、帝国の兵士に一人も出会わないのはおかしいな、とサビーヌは思った。ケイナンには、緊急の場合にしかコムリンクを使っちゃいけないと言われていた。ヘラからもケイナンからも連絡がない、ということは、二人のほうはなにもかもうまくいってるってことよね。

機関室に入ったサビーヌはコントロール・ステーションに向かい、チョッパーにはもうひとつのステーションを担当するよう身振りで示した。ドロイドはグルルル……と不満そうな音をたてながら従った。

「チョッパー、文句言ってないで、早く準備して！」チョッパーは、帝国の機械と交信するとき、いつも不満を言う。帝国の機械の論理は冷たくて不作法だと言うのだ。といっても、チョッパーはいつも不満だらけで、〈ゴースト〉の機器にアクセスするときですら、ぐちをこぼすのだけども。

コンピュータのセキュリティはあまく、やすやすと侵入できた。帝国の技術者は、だれかが輸送船の防衛線をかいくぐって乗りこんでくる可能性など、考えてもみなかったのだろう。

コムリンクがかすかに音をたてた。ケイナンの合図だ。いい知らせではない。サビーヌは急いで人工重力発生装置をいじった。

「ステルスコマンドは全部省略して、チョッパー。緊急事態よ」

緊急であろうとなかろうと、チョッパーはいつものようにグルルルル……と不平をもらした。

エージェント・カラスとストームトルーパーたちは、武器をかまえた。ケイナンはさらにスピードをあげて向かっていき、自分のブラスター銃をぬいた。「止まるな！」ゼブとエズラに声をかける。

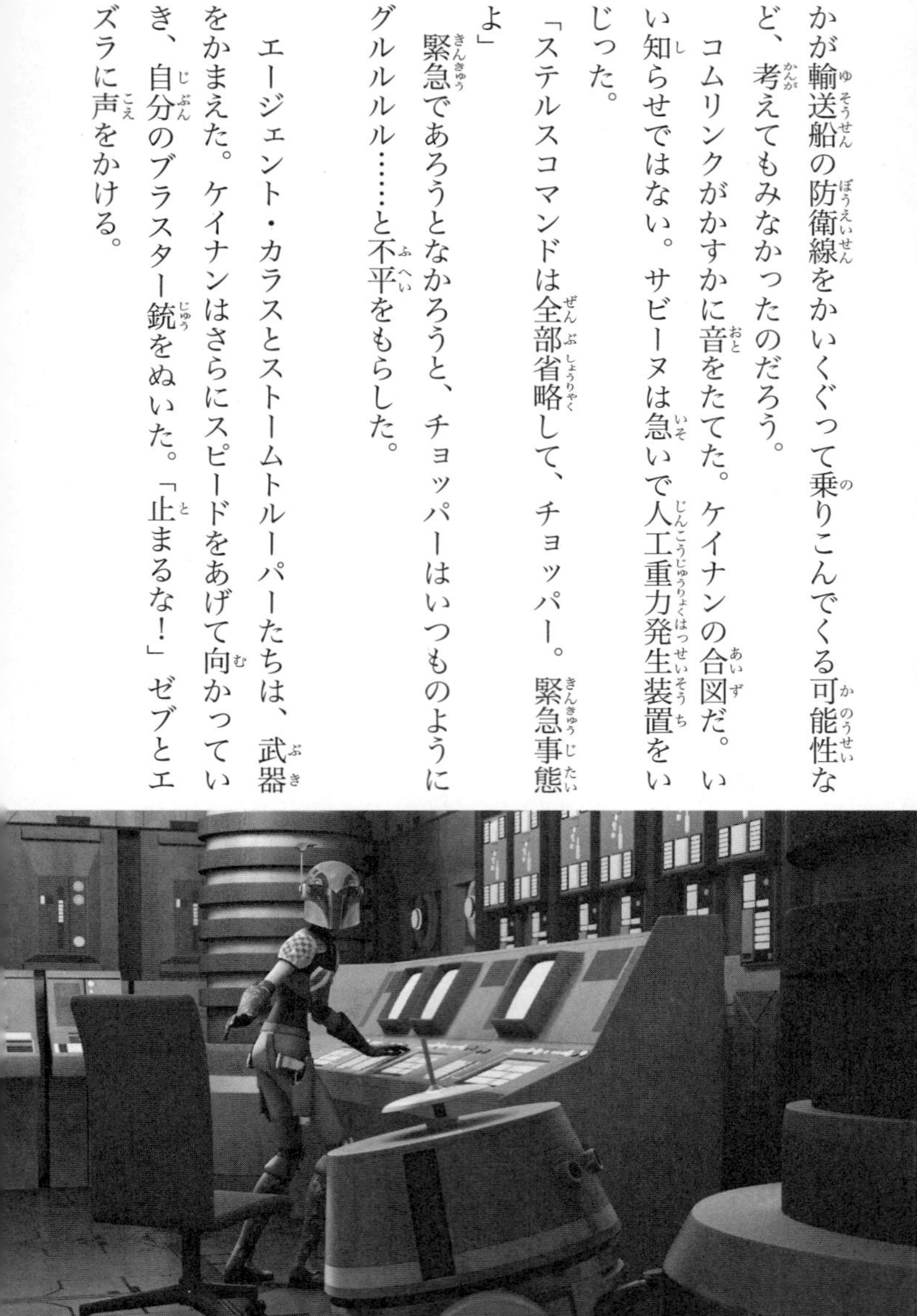

機関室のサビーヌが、「バックアップ完了」と言った。

数秒後には、敵の銃のひきがねが引かれてしまう。あと数秒でやられてしまうのだ、もし――。

ケイナンが言った。「つっこむぞ、今だ！」

サビーヌが「行くわよ！」と答えた。

ケイナンは前方に飛んだ。

ケイナンの合図をコムリンクで聞いたサビーヌが、ぴったりのタイミングで、人工重力発生装置を切ってくれたのだ。ケイナンは通路を飛ぶように進んだ。ストームトルーパーたちは足場を失って浮きあがり、思うように進めなくなっている。

ケイナンはブラスター銃を撃って、進路を確保しようとした。撃ち返してきたのはエージェントだけだが、ケイナンはトルーパーたちの中を突進していたので、当たらなかった。

ケイナンは銃を撃ちつづけた。その後ろで、ゼブがトルーパーを右へ左へと投げつけている。エズラはゼブにしがみついていた。ゼブのやつ、文句たらたらだろうな、とケイナンは思った。

三人はストームトルーパーの群れを突破して、通路を進み、ドッキング・ベイに向かった。ふりかえると、あの帝国保安局のエージェントが、後を追ってくる。エズラはゼブからはなれて、一人で宙を泳いでいた。

「だいじょうぶか、ぼうや？」ケイナンは声をかけてみた。

「冗談でしょ」エズラはそう答え、床やかべにぶつかり、ひっくりかえりながらスピードをあげていく。これほどせっぱつまった状況でも、重力がほとんどない状態での少年というのは、最強だな。

「無重力状態は二分だけ続く」サビーヌが言った。コントロール・ステーションに爆薬をしかけるのは、三十秒ですんだ。ドッキング・ベイには、歩くよりも早くもどれるはずだ。さいわい、チョッパーは無重力に対応しているからね。

サビーヌはチョッパーの脚をつかんだ。チョッパーはブースター・ロケットに点火して、機関室を猛スピードで飛びだした。通路では敵に出くわさず、むだに時間を使うこともなくドッキング・ベイにもどれた。

「五、四、」サビーヌがヘルメットの中の時計を確認しながら、カウントダウンをはじめた。「準備して。二、一、今よ！」

サビーヌは自分の体に腕をひきよせた。人工重力がもどる。サビーヌは、ドッキング・ベイのエアロックの前に、トンと着地した。チョッパーはまだブースターの力で浮きあがっている。さっきゼブにやっつけられたストームトルーパーたちが、ドスンと床に落ちた。たぶん、あいつらが目をさますのは、わたしたちが何光年もはなれた場所ににげてからだろうね。

もしほかのメンバーが、ウーキーの救出に成功していれば、の話だけど。

ドッキング・ベイに紫色のヘルメットが見えて、エズラは歓声をあげた。みんなでこのワナから生きて出られそうだ。そして、もしかすると、助けたのがこのおれだと、サビーヌが気づいてくれるかもしれない。サビーヌにお礼を言ってもらえたら、なによりのごほうびだ。

エズラは、重力が変動するのを感じた。無重力状態ももう終わりだ。足を下に向け、体をのばす。

「今だ」ケイナンがさけんだ。

エズラは両足で廊下に着地し、一歩もむだにすることなく、ケイナンとゼブといっしょにドッキング・ベイにかけこんだ。そこにはサビーヌと、ブースター・ロケットで浮かんだチョッパーがいた。サビーヌは首をのばして、エズラたちの背後を見た。「ウーキーはどこ？」

「いなかった。サビーヌ、すぐにもどって砲撃用意。チョッパー、ヘラに離陸するよう伝えろ」

「ああ、了解！」サビーヌは急いでエアロックをぬけ、エズラにはひとこともないまま、〈ゴースト〉にもどっていった。チョッパーとケイナンも後に続く。

エズラはがっかりした。サビーヌは、おれがここにいることすら気づかなかったのか

な？

たちすくんでいたエズラを、ゼブがぐいとおしのけてエアロックに向かった。

エズラは気をとりなおして、お返しにゼブをこづいてやろうとした。しかし、エアロックに入ることはできなかった。だれかに後ろからつかまれ、ひきもどされたのだ。

「はなせ！」エズラはさけんだ。エズラをつかんでいたのは、あの灰色ずくめの帝国軍指揮官だった。

ゼブがエアロックでふりかえり、ボウライフルをぬいた。

「こぞう、じゃまだ、どけ！」

「どきたいよ！」エズラは身をよじったが、指揮官はかたうでをエズラに回してつかまえ、そのかげに身を守っている。ドッキング・ベイにかけこんできたストームトルーパーたちが、ゼブに向かって、ブラスター銃を撃ってきた。

攻撃を受けて、ゼブはエアロックの向こうにおしもどされた。エズラには分かっていた。ストームトルーパーたちをおもちゃの兵隊みたいになぎたおしてきたゼブだって、こんな状況ではどうしようもない。

「すまん、こぞう」ゼブが残念そうにエズラを見た。「よくがんばった」

エアロックのとびらが音を立てて閉まった。エズラをつかまえていた指揮官が、高らかに笑う。エズラは抵抗をやめた。

あんなやつらのために、自分の身を危険にさらすんじゃなかったな。まちがった道をえらんじまった。高いツケをはらわされることになるぞ。

第14章

チョッパーがコックピットに入り、出発の合図を鳴らしたとき、ヘラはすでにエンジンをあたためていた。すぐさま発進準備にかかる。「エアロック閉鎖！　輸送船から切りはなす。さあ行くよ」

輸送船からはなれるときに〈ゴースト〉がゆれないよう、しっかりとハンドルをにぎる。

「チョッパー、トラクター・ビームを妨害して！」

チョッパーは不満そうな音をたてたが、それでも妨害にかかった。トラクター・ビームで輸送船にひきよせられたままだと、発進の勢いを失い、スター・デストロイヤーのターボレーザー砲のえじきとなる。さっさとおさらばしなければ、宇宙のもくずとなってしまう。

輸送船の船長のメッセージが、通信機から聞こえてきた。「警告する。今すぐ降伏せよ。したがわない場合は破壊する。これが最初で最後の警告だ」

「やれるもんならやってみなさい。やれるならね」ヘラが答えた。あらゆるエネルギーをエンジンに注ぎこむ。砲塔にまわすはずのエネルギーもだ。どのみち、撃ちかえしたところでたいした影響はない。この船のレーザー砲では、スター・デストロイヤーにはほんのかすりきずしかあたえられないのだ。

サビーヌがしかけてきた爆薬のほうが、もっと大きな力を持っている。

「サビーヌ、今よ！」ヘラが船内通信機に呼びかけた。船のスピードをあげて、サビーヌが遠隔装置を使って点火する前に、できるだけ距離をとる。

一瞬ののち、輸送船の船腹で爆発が起こった。

専門家のサビーヌは、たくみに爆薬を配置していた。爆発は次々に連鎖反応を起こして大きくなり、輸送船にドッキングしていたスター・デストロイヤーにも広がっていった。

「ここからは見えないけど、どんなぐあい？」サビーヌが船首の砲塔から聞いてきた。

ヘラにも画面上でしか爆発は見えなかったが、背面の砲塔にいたケイナンからはよく見えた。「華麗な宇宙花火だ」船内通信機で伝える。

ヘラはほほえんだ。銀河系最高のチームね。若いメンバーが新しく加わって、もっと強

力になるはず。
ヘラは、ハイパースペースに入るレバーを引いた。

エズラは、スター・デストロイヤーのひえびえとした営倉に一人うずくまって、ばかなことをしてしまった、と後悔していた。なんだって、ヘラの言うことなんか聞いちゃったんだ。このきびしい銀河で生きのこる方法は分かっていたのに。他人と関わりあいにならないこと。自分だけをたよりにすること。他人のために命を危険にさらしたりしない、他人が自分のために命をかけてはくれないのだから。どれも、生きぬくための単純なルール。これまで、それでうまくやってきた。
なのに、おれはそのルールをやぶった。そうすることで、自分自身をうらぎったんだ。

ドアが開いた。あの灰色ずくめの帝国指揮官だ。ストームトルーパーが二人、両わきを守っている。ヘルメットをはずした指揮官は、麦わら色の髪とほおひげをはやしていた。

「わたしはエージェント・カラス。帝国保安局員だ。おまえは?」

エズラは不敵に笑ってみせた。「ジャバ・ザ・ハット」銀河をまたにかけるギャングどもの親玉の名前だ。こんなことになったのは自分のせいだけど、帝国のやつらの思いどおりにはぜったいならないぞ。

カラスは無表情なままだった。ジョークを聞いて笑ったことなど、生まれてから一度もないみたいだ。いや、ほんとに笑ったことないのかもしれないな。この場をうまくきりぬけるつもりなら、じょうだんでごまかすのはまずい。本当のことを言おう。

「あいつらとは今日会ったばかりだ。何も知らないよ!」

それはたしかに本当のことであったが、カラスの態度は変わらなかった。「おまえには何も期待していないさ、〝ジャバ〟。ロザルへもどるとちゅう、やつらへのエサとして使う」

「エサ? それ、本気? ドロイドなみの単細胞だ。助けにくるわけない。赤の他人だぜ」

カラスはだまってエズラをじろりと見た。その目つきはまるでトラクター・ビームのように相手をひきよせる、強い力をもっていた。

カラスはエズラの肩のほこりをはらった。「持ち物は、とりあげておけ」ストームトルーパーにそう言うと、身をひるがえして歩みさった。

トルーパーがエズラに近づき、バックパックをとりあげた。「よせ、おれのだ！」もう一人が左うでをつかみ、電磁パチンコをとりはずす。エズラはもがいた。「はなせ！」

エズラのバックパックの中身が床にこぼれおちた。スパナ、電灯、アストロメク・ドロイドのアーム。トルーパーがひろいあげて、バックパックにつっこんだ。トルーパーたちはエズラの持ち物を持って出ていき、ドアをしめた。エズラはま

たひとりぼっちでとりのこされた。

顔をしかめて考える。自分がばかみたいに思えるだけじゃなく、ぶじょくされた気分だった。帝国はおれのこと、エサとしか考えてないんだ。ちょうど、〈ゴースト〉のやつらにも、便利に使われたように。「〝みんなは、あんたを必要としてる〟か」エズラはヘラの口調をまねた。

「おれもあまいよな」

何かが尻に当たるのを感じて、顔をゆがめた。手でさぐってみると、ケイナンの引き出しで見つけた、立方体だ。バックパックからころげおちたときに、トルーパーたちに見つからずに残っていたのだろう。

「結局、手元に残ったのはこんなガラクタひとつかよ」エズラは口をつぐみ、考えを変えた。これはなんの役にも立たないかもしれないが、よく見るととてもきれいだ。ほとんど重さは感じないくらい軽い。どの面も完全になめらかで、きずひとつない。

それに、この中には、何かがある。

エズラはそれをおしたり引いたりして、こじあけようとした。うまくいかない。ブラスター銃かドリルでも使わないと、穴を開けることはできそうにないし、もしそんな道具を使ったりしたら、中にあるものをこわしてしまうだろう。

エズラはそれをほうりなげた。向こう側のかべに当たって、ころころと床のまん中にもどってくる。ストームトルーパーがこれにつまずいてくれればいいさ。そうすればこいつも少しは役に立ったといえるだろう。

エズラは目を閉じて頭をたれた。つかれはてていて、怒りもおさまっていた。何も考えず、自分の呼吸にだけ集中する。そうすれば、いつも心を落ちつかせることができるのだ。眠れば、この悪夢からはなれられるだろう。目をさませば、自分のねぐら、あのタワーのそばで、緑のひなぎくがはえた草原に横たわっているかもしれない。

惑星ロザルのひなぎくは、すばらしい花だった。生き物の

息や熱を感じとる機能があり、そばに生き物がいると、花びらを開くのだ。見てくれる者がいれば、だれにでも花を見せてくれるのだった。

　エズラは草原のひなぎくを思いうかべた。ゆっくりと花びらを開いていく様子は、初めてこぶしを開く赤ちゃんの手のようだ。花びらが開くと、エメラルドのようにかがやく花心があらわれる。この小さな奇跡を目にすると、どんなにつかれた日にも、また元気が出てきた。

「わたしは、マスター・オビ＝ワン・ケノービ」静かな声が聞こえた。

　ひなぎくはすばらしい花ではあったが、話すことはできない。エズラは頭をあげて、目を見開いた。

　床に落ちていたあの立方体の角がはずれて、ひなぎくの花びらのように開いていた。その中央から、ローブをまとい、

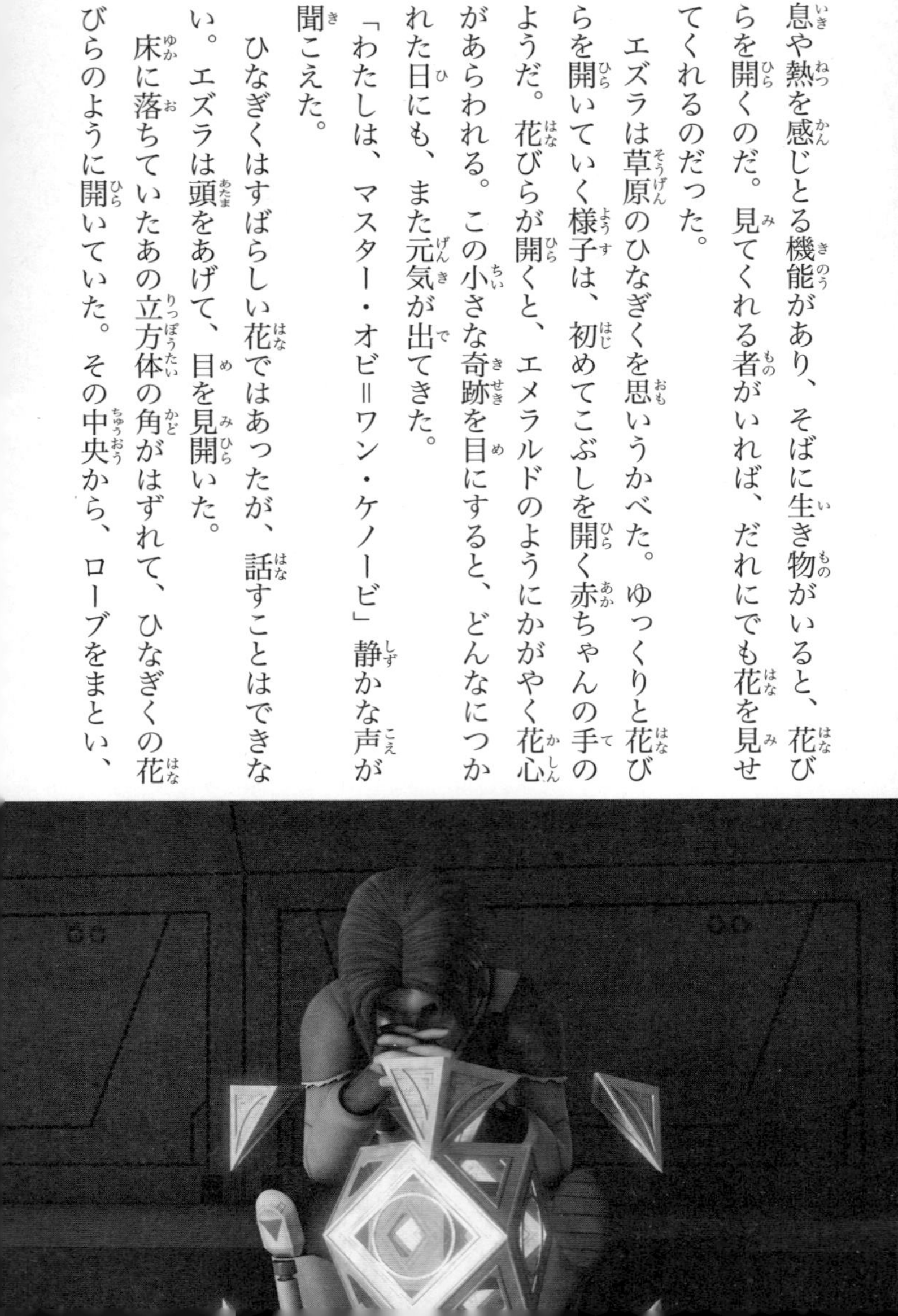

ひげをはやした男のホログラム映像が、小さな幽霊のようにうつしだされている。静かな声は、その男のものだった。

「残念な報告だ。帝国の邪悪な暗闇に、われわれジェダイも共和国ものみこまれてしまった」

エズラはそのホログラムを見つめた。ローブを着た男は、大きな悲しみを経験したばかりのように、悲しそうでつかれた様子ではあったが、その声とたたずまいには優雅な気品があった。

「これは粛清を生きのびたジェダイへの警告とはげましだ。フォースを……信じよ」

フォース。この男はなんの話をしているんだ？　このオビ＝ワン・ケノービという男は、ジェダイなのか？　もしそうなら、ケイナンもその一人なんだろうか？　あるいは、ケイナンがオビ＝ワンを殺して、ライトセーバーをうばったのかもしれない。ケイナンのエズラに対するあつかいを思えば、そう考えたほうが筋が通る気がした。スター・デストロイヤーの営倉に、おれをおきざりにしたやつだからな。

だけど、そもそも、今になってこれが開いたのはいったいどうしてだ？　さまざまな、どうしようもない疑問がうかんだ。いくら考えても答えが分からない疑問ばかりだ。

フォース。思いはその言葉にもどっていった。なぜか分からない。これも、理解できない秘密のひとつだ。

しかし、心の奥底では、その秘密こそ、答えであることを感じていた。

第15章

急いでハイパースペースにジャンプするのは、危険をともなう。ベテランのパイロットでもびっしょりと汗をかくほど緊張するものだ。しかし、その経験を何度も重ねてきたヘラは、汗ひとつかかなかった。とつぜんの指令を受けてハイパースペースのレバーを引くことに、すっかり慣れてきたのね。あまり慣れっこになりすぎないよう、気をつけないといけないいな。だが今はとりあえず、いすにせなかをあずけて、光の筋をながめていよう。帝国は、銀河系の中心部から外縁部まで、あらゆるものを支配しているけれど、ハイパースペースは、その支配を受けてはいない場所。

だがその平和な気分は、すぐに終わった。ケイナンと、ヘルメットをぬいだサビーヌがコックピットに入ってきて、となりのいすにすわったのだ。「はじめからワナだった」ケイナンが言った。

「ヴィザーゴもかんでるかな?」サビーヌがたずねる。

ケイナンがヴィザーゴを疑いはじめている。その疑いは、つぼみのうちにつみとったほうがいい、とヘラは思った。

「金のためなら母親だって売るやつだけどね。わたしたちが金づるでいる間はどうかな。五分五分」

ゼブも入ってきて、いすにすわった。それをきっかけに、ヘラは話題を変えようとした。

「あの子は、よくやった」

「ああ、助かったよ」ケイナンはそう言って、船内の通路を見わたし、ゼブを見た。「あいつはどこだ？」

ヘラも通路をのぞいたが、人影はない。

「あ、あ……いっしょだとばかり」ゼブはつぶやいた。

サビーヌがゼブのほうを向いた。「ゼブ、何をしたのよ？」

ゼブは落ちつきなく目をそらしながら言った。「おれは何もしてねえよ……」そこでくちごもる。「だが、保安局のやつらにつかまった」

「なんですって？」「何？」ヘラとケイナンが同時に言った。保安局の話なんて何も聞いてない、とヘラは思った。

「だからつかまったんだよ！　あいつは輸送船から脱出できなかった」ゼブが言った。

「ガラゼブ・オレリオス！」あの子をおきざりにしてくるなんて。何を考えてるの？　ヘラにはとても信じられなかった。

「文句あるか！　どうせほうりだす予定だったろ。手間がはぶけた」ゼブはそう言いながら、うしろめたそうな顔になった。「まさか、殺しはしないだろ。子どもだからな」

ヘラはあきれて、ケイナンと目を見あわせた。「もどらなければ」

ゼブは目をむいた。「いや、ダメだダメ、ごめんだ！　冗談じゃねえぞ、ヘラ」

ヘラにとっては、冗談どころではなかった。航行用コンピュータに新たな座標を入力しはじめる。「わたしたちが、あ

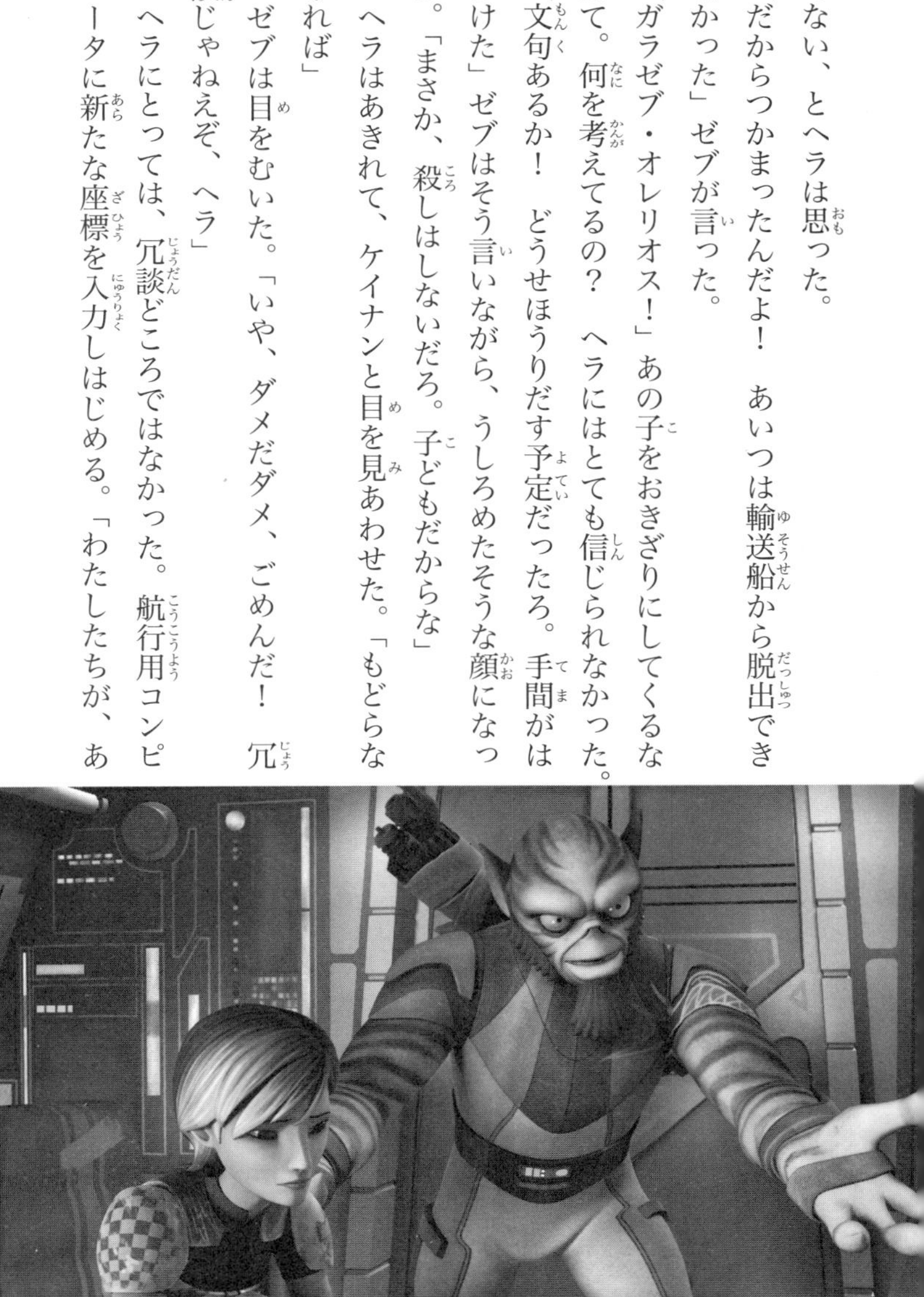

の子をまきこんだのに」

「だからなんなんだ？　あんなコソどろ野郎、助けてやる義理はねえよ」ゼブはそう言って、同意を求めるようにサビーヌのほうを向いた。

サビーヌはそっぽを向いたが、ゼブの意見には賛成してつぶやいた。「敵がまちうけてる。救えるわけない」

チョッパーが信号音を鳴らした。ゼブが顔をあげた。「なんだ？　なんて言ってる？」

チョッパーには、後でたっぷり油を差してあげましょうね、とヘラは思った。「わたしに一票。これで二対二。ケイナン、あんたの一票で決まる」

ケイナンは視線をうつし、ヘラの背後に広がるハイパースペースをながめた。


エズラは立方体をひろいあげた。ホログラム映像が終わると、はずれていた角がもどり、もとどおりに見える。片手でほうり投げて、もう片方の手で受けとめ、手のひらでくるくると回してみた。適当な人間か組織に売れば、かなりの金が手に入るかもしれないぞ。いずれにせよ、自分をせめるのはやめていた。まちがった選択をしたからって、なんだってんだ？　失敗するやつなんて、毎日、どこにでもいるさ。だからといって、しょげたり、降参したりするつもりはない。そんなやわで頭の悪い人間じゃないんだ。帝国のやつらにとじこめられたままでなんかいないぞ。エージェント・カラスとかいう、帝国保安局の鉄仮面野郎に、おれの力を思いしらせてやろう。

エズラ・ブリッジャーは、だれのエサにもならない。

この状況からのがれる方法をよくよく考えてから、いちばんいい方法をとることにした。ドアの前の小さな階段をのぼり、ドアの向こうにいるストームトルーパーに向かってわめきはじめる。

「皇帝はおれのおじだぞ、おれがこんなめにあわされたってこと、皇帝が知ってみろ……まちがいなくおまえらの首と胴は、はなれ……」とつぜん、エズラはのどをつまらせたような音をたてて、数回せきこんでみせ、うめき声をあげた。ストームトルーパーたちは、おれが死にかけていると思うだろう。エサが死んだらまずいと考えるにちがいない。

ドアが開いて、トルーパーが二人、かけこんできた。階段のかげにかがんでいたエズラは、いきおいよく階段をかけあがり、トルーパーたちがふりかえったときには、もう外に出ていた。

「じゃあね！」エズラはドアをしめて、ロックをかけた。

まずは、倉庫をめざす。倉庫は営倉のすぐそばにあった。そこには、エズラのバックパックと電磁パチンコだけでなく、帝国軍のあらゆる種類のヘルメットがずらりとならんでいた。宝の山だ。

自分の持っていない種類のヘルメットを全部いただきたかったが、大事なのは、とじこめてきたトルーパーたちが通信で助けをよぶ前に、ここから逃げることだ。エズラは立方体をほうりこんだバックパックを肩にしょって、電磁パチンコを腕にとりつけた。その場をはなれようとしたとき、小さめのヘルメットが目にとまった。アカデミーの生徒向けのヘルメットだ。ちょうど、エズラにぴったりのサイズだった。

いいアイディアがひらめいた。エズラはそのヘルメットを取って頭にかぶった。ストームトルーパーのヘルメットほどの高度な機能はなかったが、単純な通信機はついていて、かってに起動してくれた。ブリッジでかわされる通信の内容が聞こえてくる。士官の声がした。

「おくれはわずかです。ウーキーをのせた輸送船は二時間以内に惑星ケッセルに到着の予定。スパイス鉱山Ｋ76に運ばれます」

面白くなってきたぞ。ウーキーはその輸送船にいるんだ。別の船にとじこめられてたんだな。

「ストームトルーパーＬＳ００５よりエージェント・カラス」別の声が聞こえた。

「カラスだ」その声は、通信機を通すとさらに冷たく聞こえた。

「ああ……子どもが逃げました」トルーパーＬＳ００５は言葉をつまらせた。

「なんだと？」冷静だったカラスの声に、怒りがにじんだ。

エズラはくちびるをかんだ。ここに来たときの通路にはもどれそうにないな。外には、すぐにトルーパーがおしよせてくるだろう。天井の換気口を見あげると、エズラはヘルメットの山をのぼりはじめた。

「やつをエサにとは思ったが、ここに乗りこんでくるほど身のほど知らずな連中とはな。どうやって乗りこんだ？」カラスはたずねた。

エズラはせのびして、換気口に手をのばした。格子をとりはずしている間、通信機から聞こえる会話にはあまり注意していなかった。

「それが、仲間が来たわけではなく……」

「エージェント・カラス！」さっきの士官の声がわりこんできた。「下部ハンガーが破られました！」

その大声が頭にひびいて、エズラはヘルメットの山から落っこちそうになった。なんとか換気口のふちをつかんで体をひきあげ、ダクトの中に入る。

「反乱分子の船です。なぜかセンサーにもひっかからずに……」士官がしゃべりつづけている。

「もどってきたんだ！」おどろいて顔をあげてしまい、ダクトの天井に頭をぶつけてしまった。反乱分子の船といえば、〈ゴースト〉しか知らない。エズラはいつくばったまま、動きをとめた。おれのために、もどってきたのか？

「信じられない……」

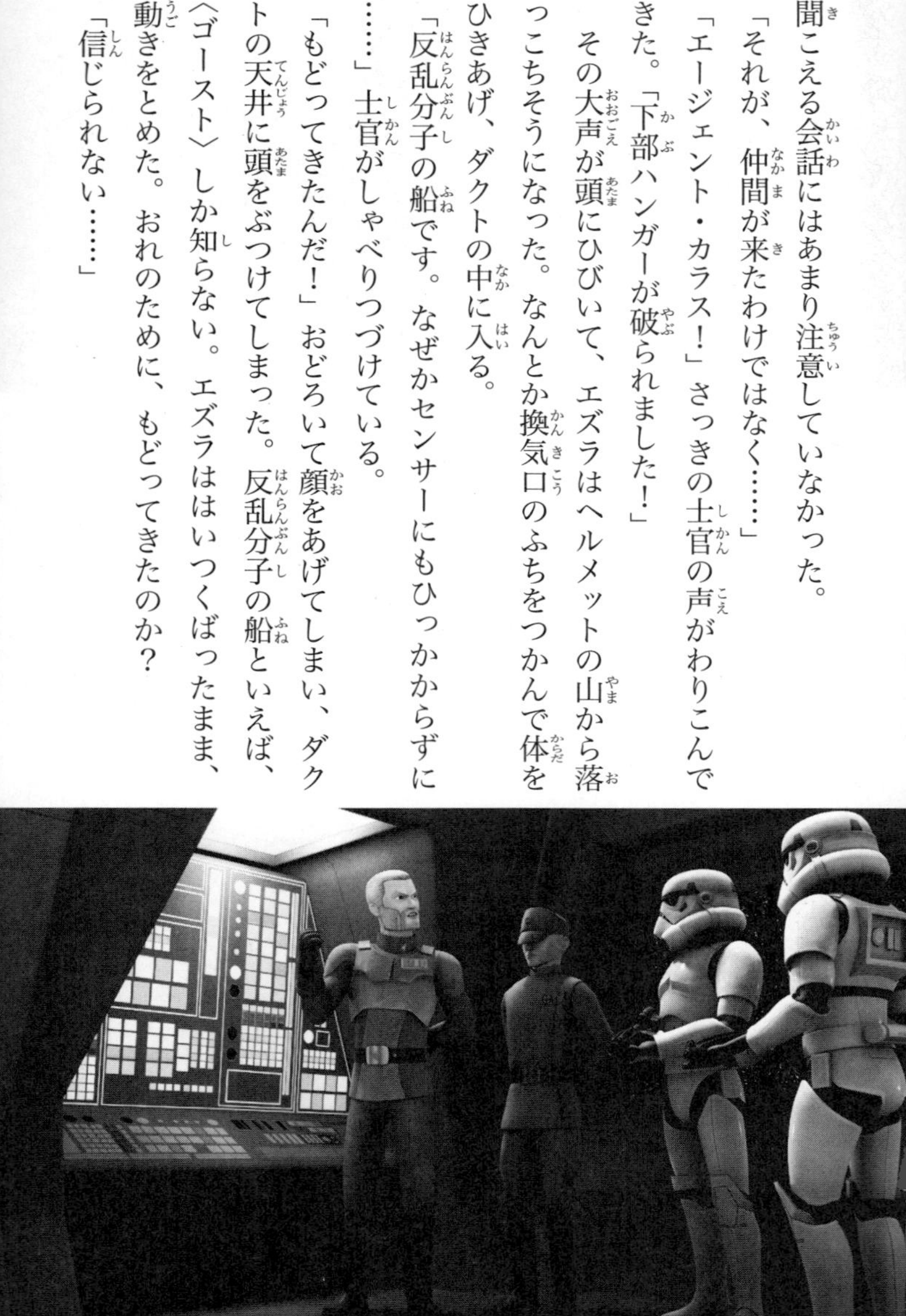

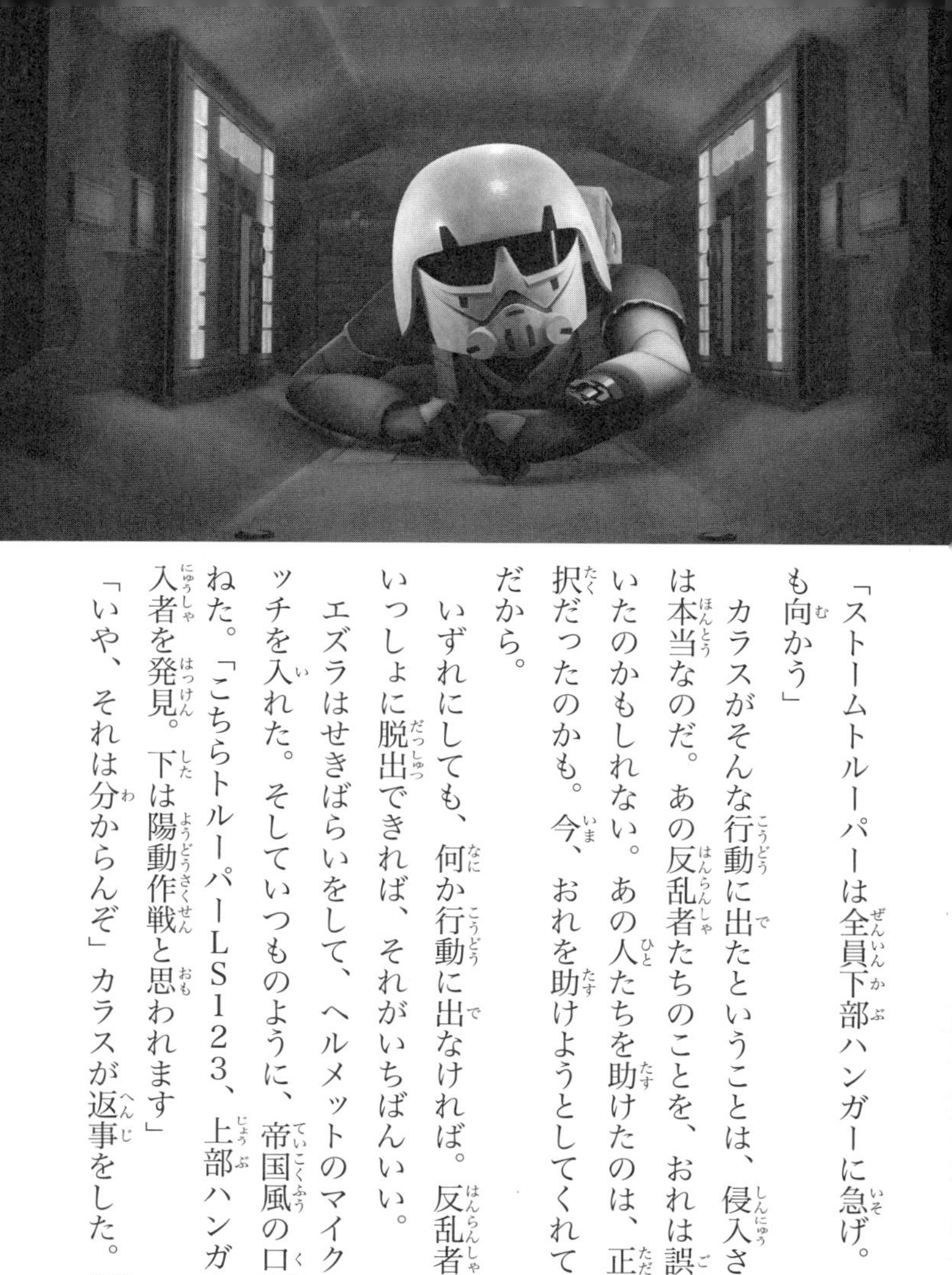

「ストームトルーパーは全員下部ハンガーに急げ。わたしも向かう」

カラスがそんな行動に出たということは、侵入されたのは本当なのだ。あの反乱者たちのことを、おれは誤解していたのかもしれない。あの人たちを助けたのは、正しい選択だったのかも。今、おれを助けようとしてくれているのだから。

いずれにしても、何か行動に出なければ。反乱者たちといっしょに脱出できれば、それがいちばんいい。

エズラはせきばらいをして、ヘルメットのマイクのスイッチを入れた。そしていつものように、帝国風の口調をまねた。「こちらトルーパーLS123、上部ハンガーで侵入者を発見。下は陽動作戦と思われます」

「いや、それは分からんぞ」カラスが返事をした。相手がエズラだとは思っていないが、ワナにもひっかからなかった。「第五分隊から八分隊は上部ハンガーへ。残りは下へ向かえ！」

エズラはダクトを急いで進んだ。少なくとも、下部ハンガーに向かう分隊の数が、八つから四つになった。「減るだけましか」

第16章

〈ゴースト〉は、「ゆうれい」というその名の意味のとおり、見つかりにくいように改造された宇宙船だ。センサーにひっかからないように、防音エンジンやエネルギー吸収装置、電波妨害装置を活用して、スター・デストロイヤーの下部ハンガーにしのびよった。だがケイナンには、いつまでも見つからないままではいられないことが分かっていた。ハンガーのカメラは、身元不明の宇宙船をそのうち発見するだろう。いや、もう発見されているかもしれない。そうなれば、すぐに警報が鳴る。全艦のストームトルーパーが集まってくる前に、なんとかエズラを助けだせればいいのだが。

〈ゴースト〉のランプがハンガーの床につくと、すぐにケイ

ナンは走った。サビーヌとゼブも続く。「エズラを早く。ここで待つ」ヘラが昇降口からさけんだ。

ケイナンはハンガーを見わたした。最近積みこまれたらしい貨物がいくつかあるだけだ。「もどるまで、このベイを守れ」と、ゼブに告げる。

片手に液体爆薬の容器を持ったサビーヌが、ゼブのほうを向いた。「今度は、みんなが帰ってくるまで逃げないでよ」

ゼブはむっとした。「逃げたんじゃねえって！」

「そいつはどうかな」機械を通した声が、上からふってきた。ヘルメットをかぶった帝国アカデミーの生徒が、ゼブの前にとびおりてくる。

ゼブは一瞬もためらわずに、生徒のヘルメットをなぐりつけた。生徒はのけぞって、後ろにふっとんだ。

ケイナンは銃を撃とうとしなかった。こいつは、アカデミーの生徒にしても、背が低すぎる。

生徒は立ちあがってヘルメットを取った。「おきざりの次は、なぐるのかよ！」エズラだ。

「てっきり、トルーパーだと思ったんだ。そんなものかぶってるからよ！」ゼブが言いかえした。

ブラスター銃の光線がひらめき、銃声がひびいた。ストームトルーパーが四名、ハンガーにかけこんでくる。その先頭に帝国保安局のエージェント・カラスがいて、銃のねらいをぴたりとエズラにつけていた。

エズラはヘルメットをカラスに投げつけ、ケイナンたちといっしょに、全速力で〈ゴースト〉に走った。「スペクター・ワンより、〈ゴースト〉。行くぞ！」ケイナンがコムリンクによびかけた。

ケイナンたちがランプをかけあがる間、昇降口からは、ヘラが制圧射撃をおこなって、トルーパーをくいとめていた。エズラは電磁パチンコを使おうとしたが、ゼブにつきとばされ、船内におしこまれた。「今度はおまえが先に入れ！」

ヘラはコックピットに急いだ。そこでは、チョッパーがヘラのかわりになんとか準備をしているはずだ。サビーヌが船内に飛びこむと、ケイナンが指令を発した。「〈ゴースト〉、ランプを閉じろ！」

カラスのまわりのストームトルーパーたちは、みんなたおされてしまった。カラスは貨物のかげに身をかくした。反乱者どもは、宇宙船を上昇させながら、上から撃ってくる。向こうのほうが有利なポジションだ。

「シールド・ジェネレーターとエンジンをねらえ。逃がすんじゃないぞ」のこったトルーパーたちに命令する。

カラスは、床のもように気づいた。頭をあげ、つばさを広げたオレンジ色の鳥が描かれている。そのすがたは、スターバードを思わせた。炎に焼かれて、自分の灰の中からよみがえってくるという、伝説の鳥だ。

なんだって、こんな絵を描いて時間をむだにしたんだ？ まだかわいていない絵に手をふれて、指についた絵の具のにおいをかぐ。

それは、ただの絵の具ではなかった。液体爆薬だ。

「ここをはなれろ！」カラスは大声をあげ、スターバードの絵からできるだけ遠くに身を投げだした。次の瞬間、スターバードが爆発した。

トルーパーも貨物も、いったん宙にまいあがり、ハンガーの床がこわれてできた大きな穴に落ちていった。固定されていないものはすべて、うずをまいて、真空の宇宙空間にすいこまれていく。

カラスはその穴のふちにしがみついて、ぶらさがった。ストームトルーパーたちが、次々と宇宙にほうりだされていく。

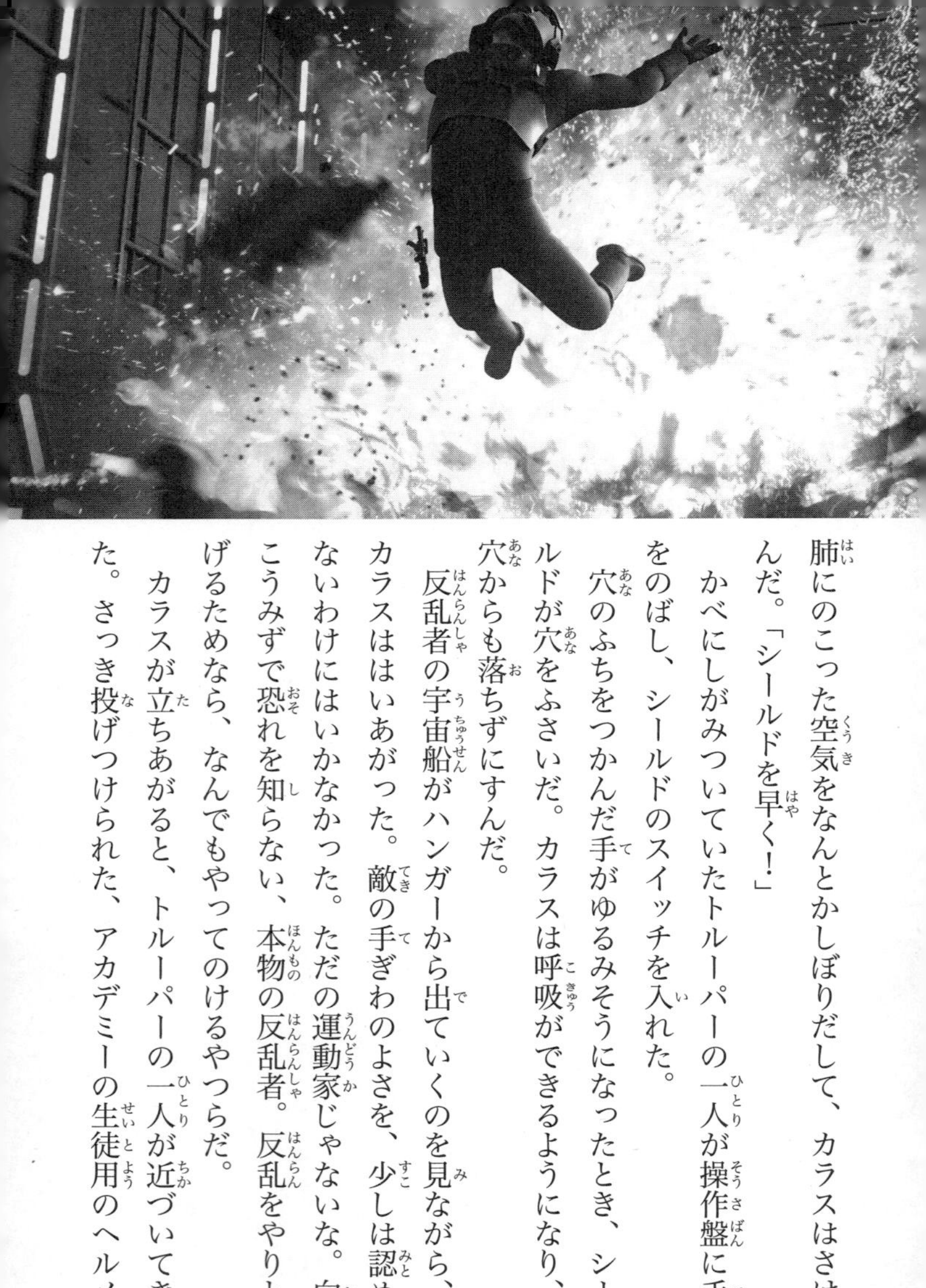

肺にのこった空気をなんとかしぼりだして、カラスはさけんだ。「シールドを早く！」

かべにしがみついていたトルーパーの一人が操作盤に手をのばし、シールドのスイッチを入れた。

穴のふちをつかんだ手がゆるみそうになったとき、シールドが穴をふさいだ。カラスは呼吸ができるようになり、穴からも落ちずにすんだ。

反乱者の宇宙船がハンガーから出ていくのを見ながら、カラスははいあがった。敵の手ぎわのよさを、少しは認めないわけにはいかなかった。ただの運動家じゃないな。向こうみずで恐れを知らない、本物の反乱者。反乱をやりとげるためなら、なんでもやってのけるやつらだ。

カラスが立ちあがると、トルーパーの一人が近づいてきた。さっき投げつけられた、アカデミーの生徒用のヘルメットを持っている。「逃げたやつがこのヘルメットを。通信装置がオンになっていました」

カラスは笑顔を見せるような男ではない。だが、そのヘルメットを手に取り、黒い顔面を見つめたときには、一瞬、笑みがうかんだ。

あの反乱者たちがどこへ向かっているのかが、分かったのだ。

反乱者をつかまえたら、帝国にさからうとどんな目にあうか、たっぷりと教えてやろう。

一日のうちに、三回もハイパースペースにジャンプした。これは自己新記録達成ね、とヘラは思った。いすのせもたれに体をあずけて、もう二度とこの記録をやぶるような目にあわないことを祈る。頭尾に汗をたっぷりかいたわ。
エズラがコックピットに入ってきた。やっぱり汗まみれだ。「お帰り、エズラ」ヘラが声をかけた。
「どうも」エズラがくちごもった。そしてちょっとためらってから、顔を赤くして、大きな声を出した。「ありがと。まさか、もどってくるとは思ってなかった」

ヘラはせすじをのばし、計器盤に向かった。「家まで送ってあげる。ご両親が心配してるでしょう」

エズラの表情がしずんだ。「親なんていないよ。そんなことより、行くとこがある」

ケイナン、サビーヌ、それにチョッパーが入ってきた。コックピットを会議室として使うのがあたりまえになってきてる。そのうち、ひとこと言ってやらないとね、とヘラは思った。こんなに人がいたんじゃ、操縦のじゃまだ。

「ウーキーの運ばれる先を聞いたんだ」エズラが言った。

ヘラはすわったまま、くるっとふりむいた。「どこなの？」

「ケッセルのスパイス鉱山って知ってる？」

ヘラの頭尾に、また汗がふきだした。帝国がつくりあげた、銀河じゅうの労働キャンプの中でも、ケッセルは最悪だ。

「そこに送りこまれたら一年ともたない、ひどい場所よ」サビーヌが言った。

「ジャングル育ちのウーキーたちには、死ぬほど苦痛だわ」ヘラがつけくわえた。

「じゃ、おれたちが助けてやらないと」エズラがあっさりと言った。

サビーヌはあっけにとられてエズラを見た。チョッパーは光センサー器官をにょっきりとのばした。ケイナンですら、落ちつきを保つことができなかった。

「おれたち？」サビーヌの目は、リルの実のようにまんまるだ。

「まさにほら、のりかかった船ってやつさ」エズラが答えた。

エズラの言うとおりね、とヘラは考えた。うまく逃げられたからって、このままにはしておけない。ウーキーを助けるチャンスは二度とないだろう。ヘラは航行用コンピュータのプログラムを組みなおしはじめた。「目的地をケッセルに設定！」

ヘラの視界のすみで、ケイナンとエズラが視線をかわすの

が感じられた。このミッションはたぶん、ケッセルでウーキーを助けだすことのほかにも、大きな意味をもつ。エズラは、何年もからにとじこもってきたケイナンを、解放できるのかもしれないわね。

パート3 惑星ケッセル

第17章

おうちに帰りたい。ウーキー族の子ども、キットワーは、ふるさとが恋しくてたまらなかった。一族といっしょに連れてこられた、名前も知らないこの星は、ふるさとの星、カッシャークとはぜんぜんちがう。ここの森は金属でできていて、枝や木のかわりに、パイプや煙突がつきだしている。キットワーは、ストームトルーパーとかいう白い装甲服の人たちに、ぶきみな暗い穴のそばを歩かされていた。穴からは、くさいけむりがふきだしていて、思わずくしゃみが出た。上空には

黄色いもやがかかり、太陽の光も見えない。鳥が飛んでいるはずの空には、灰が舞っていた。わずかしかない地面は、ひからびてひびがはいり、草一本、はえていない。

キットワーは心配になってきた。ぼくはもう二度と、木にのぼれないんだろうか。

父親のワルファロによびかけてみる。父親はストームトルーパーたちにとりかこまれていたが、キットワーに向かってウーキー語でほえてくれた。希望をすてるな、ここから逃げる方法を見つけてみせる、と約束してくれたのだ。

「さっさと歩け！」トルーパーの一人が、ワルファロにどなった。のこりのトルーパーたちが、キットワーに銃を向ける。いつもの父さんなら、あいつら全員を穴になげこむことができる。でも、手錠をかけられていたんじゃ、どうしようもない。ワルファロは悲しげなさけび声をあげ、通路を歩いていった。

キットワーは泣き声をあげた。父さんの言葉をうたがったのは、初めてだ。

エズラは、ゼブといっしょに、貨物ベイの昇降口に立った。電磁パチンコをチェックする。何度たしかめても、ちゃんと準備はできている。準備ができていないのは、おれ自身のほうだ。

またもや、おれはとんでもない失敗をやらかしたみたいだな。ミッションを提案なんてしなきゃよかった。〈ゴースト〉が、この星の警備をかいくぐって、軌道の防衛線を突破したのはよかったけど、こんな少人数で、帝国軍の牢獄のかたい守りをやぶれるわけがない。まさに自殺行為だ。

「死ぬんじゃねえぞ」ゼブが言った。

エズラはゼブをにらみつけた。そんなことをわざわざ言って、なんになる？　状況が悪くなるだけじゃないか。

ゼブは歯をむきだして、笑顔のようなものをつくってみせた。「死体を運びたくねえからな」

冗談のつもりだと気づくのに、ちょっと時間がかかった。エズラもつくり笑いを見せた。これがブラック・ユーモアってやつなのか？

サビーヌはいつものヘルメットと装甲服を身につけ、戦う準備はばんぜんだ。ケイナンが貨物ベイに入ってきた。「着陸する場所がない。採掘足場に飛びおりてもらうぞ」

それも冗談であってほしいと願ったが、残念ながら、そうではなかった。ケイナンは昇降口を開け、ランプをおろした。採掘作業用に組まれた足場は何メートルも下だし、ストームトルーパーの部隊がすでに〈ゴースト〉を見つけて、銃撃を開始していた。

ケイナンが最初に、ブラスター銃を撃ちながら飛んだ。サビーヌ、そしてゼブが続く。

エズラはごくりとつばをのみこんでから、飛んだ。

〈ゴースト〉は砲撃を開始し、ケイナンたちが無事に足場に着地できるよう、トルーパーたちをけちらした。エズラも電磁パチンコを何発か飛ばし、ほかのメンバーといっしょに、荷箱の後ろにかくれた。コンテナの列の向こうに、とらわれの身となったウーキーたちが見える。

ケイナンはうなずいて、先へ進めと合図をよこした。もうひきかえすことはできない。エズラがたよりにされているのだ。そしてエズラのほうは、仲間の援護射撃をたよりにしている。このミッションが成功するかどうかは、おたがいの信頼にかかっている。かつて

のエズラが、生きのびるためにとっていた方法とは、正反対だ。他人を信じても、しょせんトラブルにまきこまれるだけだった。だが、サビーヌ、ケイナン、ヘラ、チョッパーは——ゼブでさえ——もう、まったくの他人とは言えない。それに、たった一人でこのミッションを達成できるわけがなかった。チームが必要だ。そのチームの中で、エズラは重要な役割をはたすのだ。

エズラはウーキーたちに向かって走った。

たちまち、銃声につつまれる。貨物のかげに次々とかくれながら、エズラは走った。ブラスターの光線を、ぎりぎりのところでかわす。おかしなことに、こわくはなかった。安全な道が直感的に分かるような気がしたし、まわりには気をちらさずに、救出するウーキーたちだけを見つめていた。巨体のウーキーが見えた。ミッションのうちあわせで聞いていた、ワルファロにちがいない。ワルファロは、自分の手錠をこわそうとしている。子どものウーキーが、きらきら光る目で、祈るようにエズラを見ていた。

その祈りに、エズラは力づけられた。採鉱施設を通り、だれもいない通路をかけぬけると、輸送コンテナによじのぼって、ずらりとならんだコンテナを、次々に飛びうつっていく。ブラスターの光がすぐそばを走った。エズラは、ワルファロのまん前に飛びおりた。

ワルファロはエズラの前で胸をはり、敵意むきだしのうなり声をあげた。「落ちついて、助けにきたんだ！」エズラはよびかけた。

エズラはアストロメク・ドロイドのアームをとりだし、ワルファロの手錠につっこんだ。精密に調整されたアームは、正しいコードを送信して、手錠のかぎを開けた。自由になっ

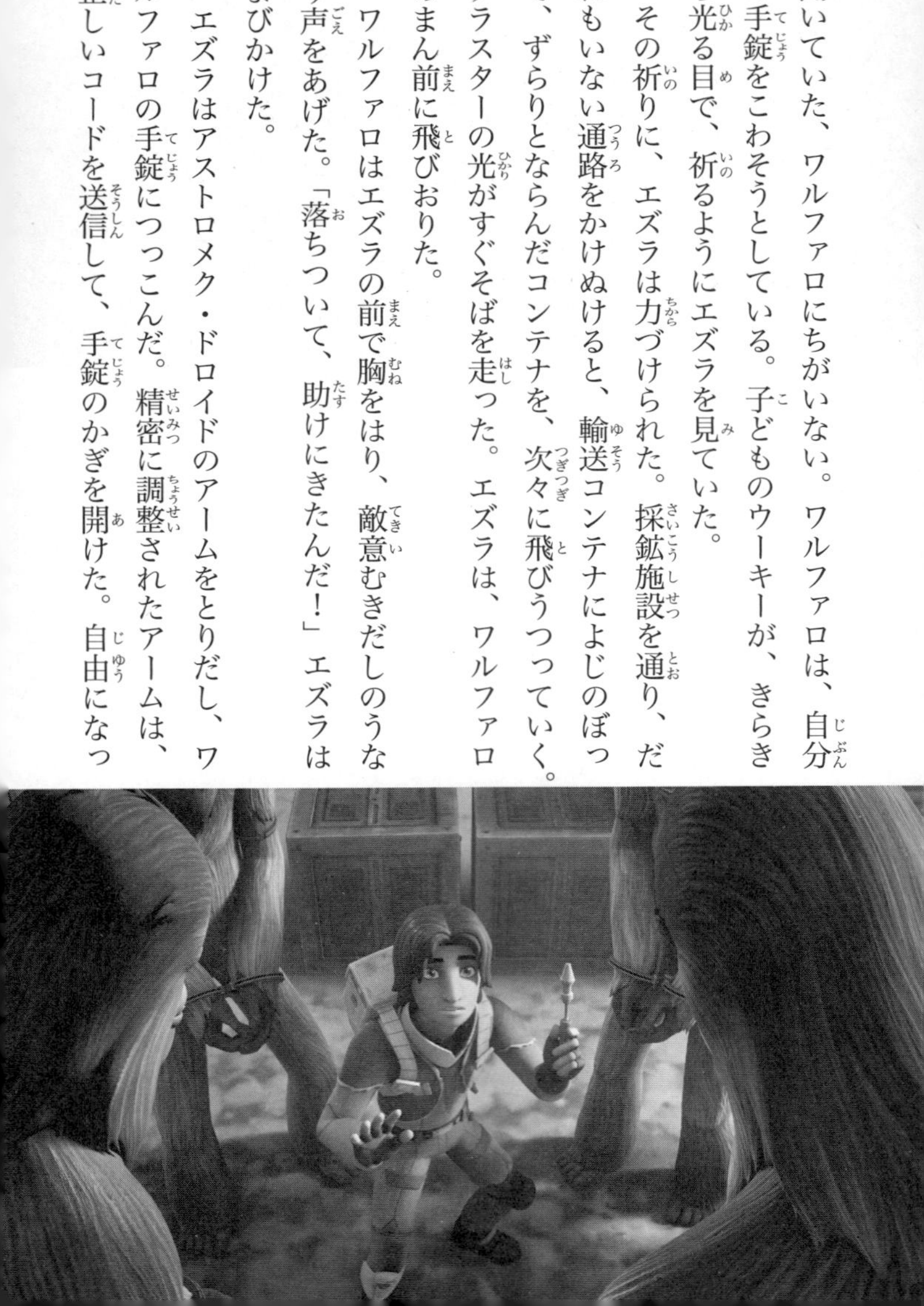

たワルファロは、喜びの声をあげた。
　エズラは次々と、ウーキーたちを解放していった。感謝のうなり声はやがて、戦いのさけび声に変わり、ウーキーたちはストームトルーパーに背後からおそいかかった。
　帝国軍は、ウーキーの戦士たちにはとてもかなわないことがわかった。ウーキーがなぐれば、装甲服もこわれてしまうのだ。足場にいたトルーパーたちは悲鳴をあげた。ウーキーのこぶしをまぬがれたトルーパーは、ケイナンたちのブラスターをあびた。まもなく、トルーパーの小隊は全滅し、エズラはウーキーたちといっしょに、足場のふちに浮いている〈ゴースト〉に走った。ケイナンたちもやってきた。ケイナンはエズラに、よくやったとうなずいてみせた。
　かなり大変だったけど、なんとかミッションは成功しそ

うだな。うまくいかないなんて思ったのはまちがいだった。チームワークがあれば、奇跡は起こるんだ。

そのとき、四機のＴＩＥファイターが、穴から飛びだしてきた。

どっとあがった悲鳴が、レーザーの音にかきけされる。エズラは体をふせた。ＴＩＥの攻撃で、足場がゆれはじめている。コンテナが爆発した。〈ゴースト〉のシールドが破られた。〈ゴースト〉はぐらつき、回転した。船首のレーザー・キャノン砲からけむりがあがり、使用不能となった。

「撃たれてる！　チョッパー、反撃して！」ヘラがさけんだ。

チョッパーの反撃で、ＴＩＥの一機が翼をやられ、くるくると回りながら穴に落ちていった。

かわって、はるかにおそろしい相手があらわれた――箱型の帝国輸送船が、穴から浮かびあがり、レーザーの集中砲撃をあびせてきたのだ。

〈ゴースト〉は急いで逃げた。三機のＴＩＥが、その後を追う。足場にいた者たちはちりぢりになって逃げ、輸送船の砲撃から身をかくす場所をさがした。エズラは荷箱の後ろにしゃがみ、横からのぞいた。

輸送船は足場に着地し、ベイを開いた。ストームトルーパーの小隊をひきいた、エージェント・カラスがあらわれた。

「全員、攻撃開始！」カラスが命令した。

トルーパーたちが突進し、ブラスターが光った。足場の中ほどを、ウーキーの子どもがうろうろしている。まだ、手錠をかけられたままだ。エズラはあせって、荷箱をたたいた。そのウーキーの子どもは、エズラが解放したウーキーたちの中にはいなかったのだ。

ワルファロが、両腕をふりあげ、ほえながら飛びだしてきて、子どものもとに走った。たぶんあの子が、ワルファロの息子、キットワーなんだろう。しかし、数歩走っただけで、ワルファロは肩を撃たれた。大きな体がくずれおちる。傷つき、うめいてはいるが、まだ死んではいない。

　ゼブがワルファロのそばにかけよった。そして、いつのまにか、エズラも走っていた。エズラとゼブが、ワルファロを立ちあがらせようとする間、ケイナンとサビーヌがトルーパーを撃って、援護してくれた。

「だいじょうぶだ。おれが運ぶ」ゼブが言った。

　ワルファロは苦しそうにうなり、歩きつづけようとした。ストームトルーパーが、あのウーキーの子どもを追っているのだ。

　だけど、おれに何ができる？　エズラは思った。ストームトルーパーの小隊に突撃するわけにはいかない。それこそ、自殺行為だ。あの子は、自分でなんとかするしかない。

　エズラは走って、荷箱のそばにもどった。

空に火の玉ができ、一機のTIEが破片となって地上にふりそそいだ。いつものケイナンなら、いい展開になったと思うところだが、今回はまだ、二機のTIEが〈ゴースト〉を追っている。すぐ近くからレーザーをあびせられて、さすがのヘラも、うまくスピードをあげることができないでいた。

「ちょっと押されてるわ！」コムリンクから聞こえるヘラの声に、緊張がにじんでいる。

「行け！　戦いやすい場所まで移動するんだ！」ケイナンが答えた。トルーパーを撃ちつづけ、傷ついたウーキーを荷箱のかげにひきずっていくゼブを援護する。いくらがんばっても、敵の軍隊は少しもへらない。ケイナンとサビーヌが撃ちまくっても、新たなトルーパーがどんどんやってくるのだ。へっていくのは、こっちのブラスターのパワー・パックだけだった。

何かヒントになるものはないかと、あたりを見回す。何か、根本的なことをやらなければ、もうすぐ全員が死んでしまう。

「みんなをおいてはいけない！」ヘラがコムリンクで返事をしてきた。

「心配ない」ケイナンは答えた。すぐそばに、大きな輸送コンテナがある。まだスパイスのはいっていない、からっぽのコンテナだ。「マニュアル22で行く」

サビーヌがふりむいた。「それ、本気？」

「ほかに手があるか？」

「多少の危険は仕方ねえだろ」ゼブはワルファロを荷箱にもたれさせ、ボウライフルをトルーパーに向けた。

〈ゴースト〉はエンジンを点火させ、発進した。TIEファイターも向きを変えて、後を追う。「了解。すぐもどる。準備をよろしく！」ヘラの声がコムリンクから聞こえた。

ケイナンはふうっと息をついた。今からやろうとしていることは、だれにも準備はできやしない。もちろんこのおれだって。

エズラがそばに寄ってきた。「ねえ、マニュアル22ってなんなの？」

「待て、すぐに分かる。そこを動くなよ」ケイナンはもう一度その場の状況をたしかめると、ブラスター銃をしまって、荷箱を飛びこえ、向こう側に降りたった。

敵の攻撃をよけながら、ベルトにつけていた二つの円筒をはずしてつなぐ。しっくりと手になじんだ。十五年以上前、マスター・ビラバの指導のもとで、初めてライトセーバーを作ったときと、ちっとも変わらない。

ライトセーバーを起動させると、青い光の刃が生じた。十五年前よりもずっと明るい光だ。ストームトルーパーは撃つのをやめた。サビーヌ、ゼブ、そしてエージェント・カラスまでもが、撃つのをやめ、おどろいてケイナンを見つめた。

戦場のまん中に立ったケイナンを、たくさんのブラスター銃がねらっている。ケイナンは、フォースに身をゆだねた。

フォースは、決壊したダムのように自分の中を激しく流れるのでは、と思っていた。かつてその光に自分を完全に解放してから、長い時が過ぎているのだ。だが、そんな激しさはまったくない。心が落ちつき、安らぐのを感じた。その安らぎはひかえめで、ちょうど、暑さをやわらげてくれる、やさしいそよ風のようだった。ふれあい、ささやき、平和な気分。心がほぐれていく。

ケイナンの前に、クモの巣のような網があらわれた。目には見えないが、感じることができる。この戦場にいるすべてのものと、おれをつなぐ網だ。おれの人生、おれの行動、おれの運命がつながっている。未来と過去のできごとが感じられた。少しも理解はできないが、自分がその一部として働いていることは分かる——もし望んだとしたら。だが、望まないこともかんたんだ。

聖堂のマスターたちは、運命を受けいれることを教えてくれた。ケイナンは、運命とは定まったものだと思っていた。未来はあらかじめ決められていて、人々は、あやつり人形のように、すでに定められた選択を演じているのだと。しかし、目の前のクモの巣が、無限の種類の行動に応じて動き、よじれ、つむがれていくさまを見ていると、そんな考えはまちがいだったと気づいた。運命とは定まったものではない。それ

は選択であり、信頼であり、信念なのだ。おそらく、マスターたちがおっしゃっていたのは、運命を受けいれることで、自分自身を受けいれられるということだったのだろう。〈ゴースト〉の仲間たちは自分自身を受けいれている。だが、おれは、そうじゃなかった。ウソで自分をごまかしていた。もし本当の自分を表に出せば、仲間の全員を大きな危険にさらしてしまう、というウソだ。おれたちは、帝国を相手に戦う時点で、すでに危険にさらされている。仲間は自分のすべてをかけて戦い、いかなる犠牲もおそれていない。ケイナンも、同じようにふるまわねばならない。帝国が自分に、あるいは仲間たちに何をするか、おそれている場合ではない。自分たちの命を守る最良の方法は、能力と技術のすべてを出しつくすことだ。

それは、フォースを使うことだ。

ケイナンはいつもフォースとともにいたわけではなかったが、フォースはいつもケイナンとともにあった。フォースからはなれることはできない。これ以上、否定はできない。自分自身をごまかすことはできない。

そして、エージェント・カラスも、ごまかされはしなかった。「全員、あの男に集中しろ！　ジェダイをたおせ！」

ケイナンはライトセーバーをかかげた。おれは、ずっとジェダイであった。これからも、ジェダイでありつづけるだろう。

第18章

「わあ」エズラは息をのんだ。

戦場のまん中に、ただ一人立ったケイナンは、すばやく身をかわしながら、自分にあびせられるブラスター銃の攻撃をよけていった。いつ、どこから撃たれるのか、あらかじめ分かっているかのように、ぴったりのタイミングで空中に飛びあがり、かんぺきな角度に身をよじり、剣をふるっている。ケイナンが刃でふりはらったブラスターをくらって、何人ものトルーパーがたおれた。たった一人のジェダイが、ストームトルーパーの小隊全員をよせつけずにいる。

エズラはあっけにとられてつったっていた。ウーキーたちは、落ちているブラスター銃をひろって、怒りのほえ声をあげながら、戦闘に加わった。

ケイナンはさけんだ。「ゼブ、サビーヌ、ウーキーを連れだせ——今のうちだ！」

ゼブが、数名のウーキーを連れだした。「よっしゃ！　みんな！　コンテナの中へ入れ！」足をひきずっているワルファロに手をかしにいく。ワルファロの毛むくじゃらの長い腕が、足場をつなぐ細い橋を指さした。キットワーはまだつかまっていなかったが、すぐそばにトルーパーがせまっている。ワルファロは絶望のうめき声を発した。

エズラにはウーキーの言語が分からなかったが、ワルファロが、自分の子を助けてほしいと必死にたのんでいることは明らかだった。助けられそうな位置にいるのは、エズラだけだ。

ほかのみんなは、急いでコンテナに向かっている。エズラはケイナンを見た。つかれてきてはいるが、ストームトルーパーを相手に、みごとな守りを見せている。こんな状況にもひるんでいない。ウーキーをすくいだし、仲間を、そしてエズラを助けるために、自分を犠牲にする覚悟なのだ。

〝自分のためだけに戦う人生なんて、なんの価値もない〟と言ったヘラの言葉を思いだした。

エズラは、橋にいるキットワーに向かって、もうぜんと走りだした。

「こぞう、止まれ！」

ゼブの大声も耳には入らない。エズラは荷箱やコンテナの間をジグザグに走った。さいわい、ストームトルーパーはケイナンを攻撃することに必死だったため、気づかれずにすんだ。だが、帝国軍の中に、一人だけ、エズラに目をとめた者がいた。エージェント・カラスだ。カラスは、攻撃の手を止めた。

ワルファロをコンテナまでむりやり連れていこうとしていたゼブには、エズラを助けにいくことはできなかった。「まったく！　おきざりになっても、今度こそおれのせいじゃねえからな」

とはいっても、ヘラやケイナン、サビーヌは、そう思っちゃくれねえだろうけど。

また上空で爆発が起きた。爆発したのが〈ゴースト〉でなければいいのだが。この距離じゃ、見分けがつかねえ。ワルファロを押して、コンテナに入らせると、くるりとふりかえり、ストームトルーパーたちに、ボウライフルを撃ちまくる。

ケイナンはふたたび、重力をものともせずにジャンプすると、荷箱の山をこえて、向こう側に降りたった。「ゼブ！　ヘラがもどるぞ！」コンテナにもどりながら、ブラスター攻撃をふせぎつづける。サビーヌも同じように、撃ちながらコンテナにもどりはじめた。

あの爆発は、ＴＩＥのほうだったようだな。つまり、このとっぴょうしもない救出作戦が、うまくいきそうだってことだ。ゼブは、戦いをやめようとしないウーキーたちによびかけた。「早く中へ入れ！　早く！」

ウーキーたちはいやいやながら、コンテナに入った。ゼブとサビーヌも中に入り、ケイナンも、ライトセーバーをふりまわしてトルーパーの攻撃をくいとめながら、最後に入ってきた。ゼブは中をざっと見まわした。みんなそろってるな――エズラと、あのウーキーのガキ以外は。あいつらはまだもどってない。

「ケイナン、あいつ、おまえに刺激されたな。正義の味方のつもりだぜ！」ゼブは、遠くに見える橋を示した。ストームトルーパーとウーキーの子どもの後を、エズラが追っている。

ケイナンはがくぜんとした。何百人ものストームトルーパーを相手に戦っていたときの、決意に満ちた表情が消える。

何か手をうてればいいんだが、何も思いつかねえ。〈ゴースト〉は今にも到着する。ストームトルーパーの援軍もやってくるだろう。「ケイナン？」ゼブは、指示をうながした。

「コンテナをしめろ」ケイナンはためいきをついた。

ゼブはうなずいて、コンテナのとびらをつかんだ。

キットワーはストームトルーパーから逃げていた。穴にかかった橋は長く、キットワーはつかれはじめていた。走るのにむいた体つきではないのだ。木にのぼるのは得意だが、手錠をかけられていては、何かにつかまることすらできない。

そのとき、一機のＴＩＥが、くるくると回りながら空から落ちてきて、橋についらくし、火の玉となった。金属がとけ、橋の支えがこわれて、キットワーが向かっていた先が、くずれはじめる。キットワーは、ぎりぎりのところで急停止した。一歩先には、大きな穴が広がっている。

キットワーがふりかえると、すぐうしろに、ストームトルーパーがせまっていた。銃を手にして、こっちをねらっている。ほかのトルーパーも、父さんたちに銃を向けていた。みんな、ぼくたちウーキーを苦しめたいんだ。いったいどうして？　ぼくたちが、何をしたっていうの？

ストームトルーパーの後ろから、人間の少年が走ってくるのが見えた。父さんを助けてくれた子だ。ぼくの手錠のかぎもあけてくれるかも。ぼくも自由にしてくれるかも。自由になりたい。木にのぼりたい。橋はゆれていて、今にもくずれおちそうだ。

少年はジャンプした。空高くまいあがり、トルーパーを飛びこえた。すごいや。父さんだって、あんなジャンプはでき

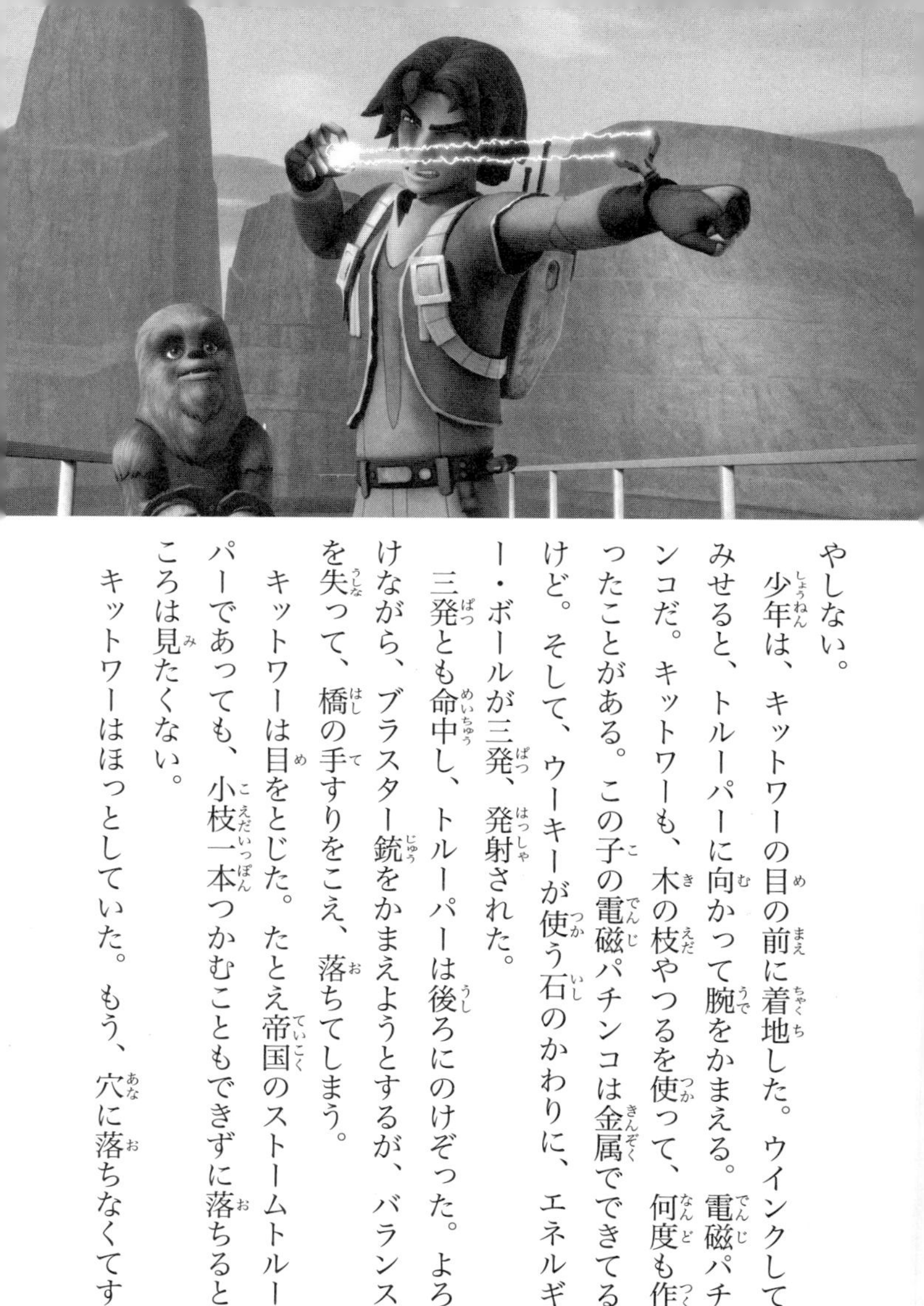

やしない。

少年は、キットワーの目の前に着地した。ウインクしてみせると、トルーパーに向かって腕をかまえる。電磁パチンコだ。キットワーも、木の枝やつるを使って、何度も作ったことがある。この子の電磁パチンコは金属でできてるけど。そして、ウーキーが使う石のかわりに、エネルギー・ボールが三発、発射された。

三発とも命中し、トルーパーは後ろにのけぞった。よろけながら、ブラスター銃をかまえようとするが、バランスを失って、橋の手すりをこえ、落ちてしまう。

キットワーは目をとじた。たとえ帝国のストームトルーパーであっても、小枝一本つかむこともできずに落ちるところは見たくない。

キットワーはほっとしていた。もう、穴に落ちなくてすむんだ。少年は、父さんのときと同じように、手錠をはずそうとしてくれている。キットワーはにっこりして、目をあけた。

灰色ずくめの男が、こっちに向かって、橋を歩いてくるのが見えた。ストームトルーパーとは違って、顔はヘルメットにかくれていない。男の顔に、笑みはなかった。

第19章

サビーヌは、今回のミッションが終わったら、ゼブにはうんと文句を言ってやろう、と思った。まずは、エズラの件。ゼブはまたもやあの子から目を離してしまった。それから、ウーキーの件。ゼブはくらべられるのをきらうけど、ゼブの種族って、ウーキーとほとんど変わらないじゃないの。ウーキーは毛むくじゃらだけど、それ以外はおんなじ——でかくて、見苦しくて、とんでもなくがんこ。コンテナの中で、サビーヌはウーキーたちを移動させようとしていたが、だれも指示にしたがわず、むりじいするとうなり声をあげた。

でも、ケイナンの手をかりるつもりはない。ケイナンはかべにもたれて目をつぶり、つかれはてたようすだ。さっきの戦いでは、マンダロアの最高の戦士にまさるともおとらない働きをみせたのだから、今は休息をとってもいい。

コンテナの天井に、大きな音がひびいた。ストームトルーパーが撃ってくるブラスターが、コンテナの壁にあたった音よりもずっと大きな音だ。〈ゴースト〉が、コンテナの上に着陸したのだ。サビーヌはウーキーを押すのをやめた。どうしてわたしがあんたたちを移動させようとしていたのか、すぐに分かるからね。

「電磁ロック、完了！」ヘラがコムリンクで伝えてきた。

ゼブがサビーヌをふりかえった。「早く出たいぜ」

〈ゴースト〉がコンテナをもちあげ、急上昇した。ウーキーたちはよろめき、大声をあげた。ゼブにのしかかってたおれた者もいる。

サビーヌはバランスをたもって立っていた。ウーキーがころげまわっているさまは、ふだんなら笑ってしまうほどこっけいだったが、今はそんな気分にならない。エズラがいないのだから。絶対に口にはしないだろうが、サビーヌはエズラを気に入りはじめていた。エズラがここで、ゼブをなやませていないのがさびしかった。

〈ゴースト〉の貨物ベイの昇降口が開いた。ケイナンがさっと通りぬけていく。サビーヌは、ジェット・パックを使って自分も飛んでいきたいと思った。だけど、わたしにはやるべきことがある。

「船に入って」サビーヌはウーキーにどなった。〈ゴースト〉が横だおしになり、ウーキーたちは、どっと船内にころげこんでいった。手間がはぶけたわね。

カラスは足をとめ、急上昇する宇宙船をながめた。一機のＴＩＥが、すぐにその針路を追い、背後につく。だが、やすやすとしとめられると思ったのもつかのま、ＴＩＥはひさんな目にあった。宇宙船が切りはなした貨物コンテナが、ミサイルのようにＴＩＥをおそったのだ。宇宙船は、そのＴＩＥの爆発をさけてスピードをあげ、またも逃げきった。

ウーキーどもがまだあのコンテナにいたのならいいのだが、とカラスは思った。しかし、いなかったとしても、別にたいしたことではない。反乱者をおびきよせるエサは、ほかにある。あの少年だ。

スター・デストロイヤーでもそうだったが、反乱者が必死になってあの少年をすくいだそうとする理由は、少年の能力を見とどけた今、明らかになった。ふつうの少年なら、レースのチャンピオンのようにはスピーダー・バイクを運転できない。ジャンプ・ブーツもはかずに、ストームトルーパーを飛びこえるほどジャンプできない。あの少年は、ふつうじゃない才能をもっている。それはカラス自身にはない才能だったが、そのしるしを見きわめることはできた。

あの少年は、ジェダイの反乱者と同じく、フォースを使えるのだ。

だからこそ、少年をつかまえることは、なによりも重要になってくる。帝国では、あの少年にはかなりの価値があると見なされるだろう。つかまえれば、ほうびがもらえることはまちがいない。ほうびをもらうことが目的ではないが。法に仕える者として、帝国市民をわざわいから守る義務がある。フォースを使う者はみな、わざわいのもとだ。

少年はカラスに背を向け、アストロメク・ドロイドのアームを使って、ウーキーの子どもの手錠をはずしていた。手錠

がはずれると、アームをバックパックにしまう。カラスは、ブラスター銃を、電気ショックモードに切りかえた。

ウーキーの子どもがカラスに気づき、さけんだ。少年がふりむく。カラスはブラスター銃をかまえた。「そこまでだ、ジェダイ。マスターにその弟子か。最近はまず見ない組みあわせだな。おそらくおまえたち二人しか残っていない」

突風がふいて、少年の髪が乱れた。「何を勝手に妄想してんだか。おれは一人だ」

「一人じゃない」下から声がひびいた。

カラスはふりむいた。橋の下から宇宙船が上昇してくる。その上に、反乱者一味のジェダイが、かすかにうなるライトセーバーを手に立っていた。

カラスは撃った。何度も何度も、くりかえして撃った。

ジェダイのライトセーバーは、そのすべてのブラスターをうちかえした。装甲服のおかげで、ブラスターがカラスの体に直接あたることはなかったが、衝撃は大きかった。

カラスはあお向けにたおれ、橋の手すりをこえていった。

ぶじに〈ゴースト〉の貨物ベイにもどったエズラは、キットワーをはなしてやれて、ほっとしていた。小さなウーキーは、木にしがみつくように、エズラの肩につかまっていたのだが、自分のつめのするどさに気づいていなかったのだ。

だが、再会した父と子のすがたを見れば、つめでひっかかれた痛みもふっとんだ。キットワーはワルファロのうでの中に飛びこみ、二人は大声をあげてぎゅっとだきしめあった。貨物ベイにひしめきあったウーキーが、喜びの声をあげた。

エズラは一歩下がって、その光景を見ていた。思わず頭にうかんだ自分の両親のすがたを、急いでふりはらう。思い出すだけで、つらかった。

だれかの手が肩にかかった。見あげると、ケイナンがそばに立っていた。なにも言わずに、ただウーキーを見ている。ケイナンのベルトには、ライトセーバーがぶらさがっていた。

今日、カラスが穴に落ちそうになったのは、これで二回目だ。だが今回は、落ちるとちゅうで橋脚にしっかりとつかまれたし、宇宙の真空にすいこまれるようなこともない。下にあるのは、採鉱用の深い穴にすぎない。それでも、落ちれば死んでしまうかもしれないが、そんなめにあうわけにはいかない。おれは、反乱者をつかまえなければならないのだから。

「ジェダイに会ったのは、初めてですか?」さっき橋から落

ちたトルーパーがたずねてきた。そのトルーパーは、カラスよりも少し下の橋脚にしがみついている。

カラスはつめたく笑った。おれは、宇宙船が出てきたせいでやられた。だがこのトルーパーは、ただの子ども一人にやられたんじゃないか。これほど無能なやつに、わが帝国軍にもどる資格はない。カラスはトルーパーを思いきりけった。

ストームトルーパーの手がはなれ、悲鳴をあげながら穴に落ちていった。

カラスはよじのぼって橋の上にもどった。制服のよごれをはらい、歩いていく。

これほどの怒りを感じることは、めったになかった。いずれにせよ、反乱者にとっては、状況が悪くなっただけだ。かれらは、自分たちに向けて配備された軍力に気づいていない。

エージェント・カラスは、必ず犯罪者をつかまえる。相手がだれだろうと、どこにかくれようと、つかまえてみせる。どんな手段を使ってでも。

ひとときも気をゆるめることなく、必ずこの反乱者たちをつかまえるのだ。

第20章

エズラは、〈ゴースト〉のメンバーといっしょに、ウーキーに別れをつげた。いろんな言語にくわしいサビーヌが、ウーキーの感謝の言葉を通訳してくれる。ウーキーたちは、エアロックをぬけて、ワルファロがよびよせたウーキーの武装艇に入っていった。ワルファロは、そういったいくつかの宇宙船を指揮して、どれいとなった仲間たちを自由にする活動を続けているらしい。しかしエズラはそれ以上の質問はしなかった。帝国と反乱者とウーキーの争いにかかわるのは、もうごめんだ。惑星ロザルにもどって、自分のねぐらで腹いっぱい食べたい。

ワルファロとキットワーが、最後まで残っていた。ワルファロのうなり声を、サビーヌが通訳する。「ええと、必要なときは、いつでも力を貸すって」

ワルファロは手をのばして、エズラの頭をなでた。そのしぐさは優しかったが、奥にひめられた力が感じられた。ウーキーがその気になれば、おれなんか一発でぺしゃんこだな。

エズラは、キットワーにほほえみかけた。「元気でな。いい子でいるんだぞ」

キットワーはうなり声で答え、エアロックに入っていった。

ゼブがエアロックのドアをしめた。「いい子でって。どの口が言ってんだか」

そんなことを言われても、エズラは気にとめなかった。ほかのメンバーに向きなおり、笑顔でたずねる。「この後、ロザルでおれをおろすんだろう？」

ヘラ、ケイナン、それにサビーヌは、おどろいて目を見かわした。ゼブですら、うろたえたようだ。

「ああ、そうだ」ゼブが答えた。ゼブの声、まるでがっかりしてるみたいじゃないか？　だがゼブはせきばらいして、いつものどなり声にもどった。「ようやくな」

ゼブはがっかりしたんじゃなくて、おどろいただけだった

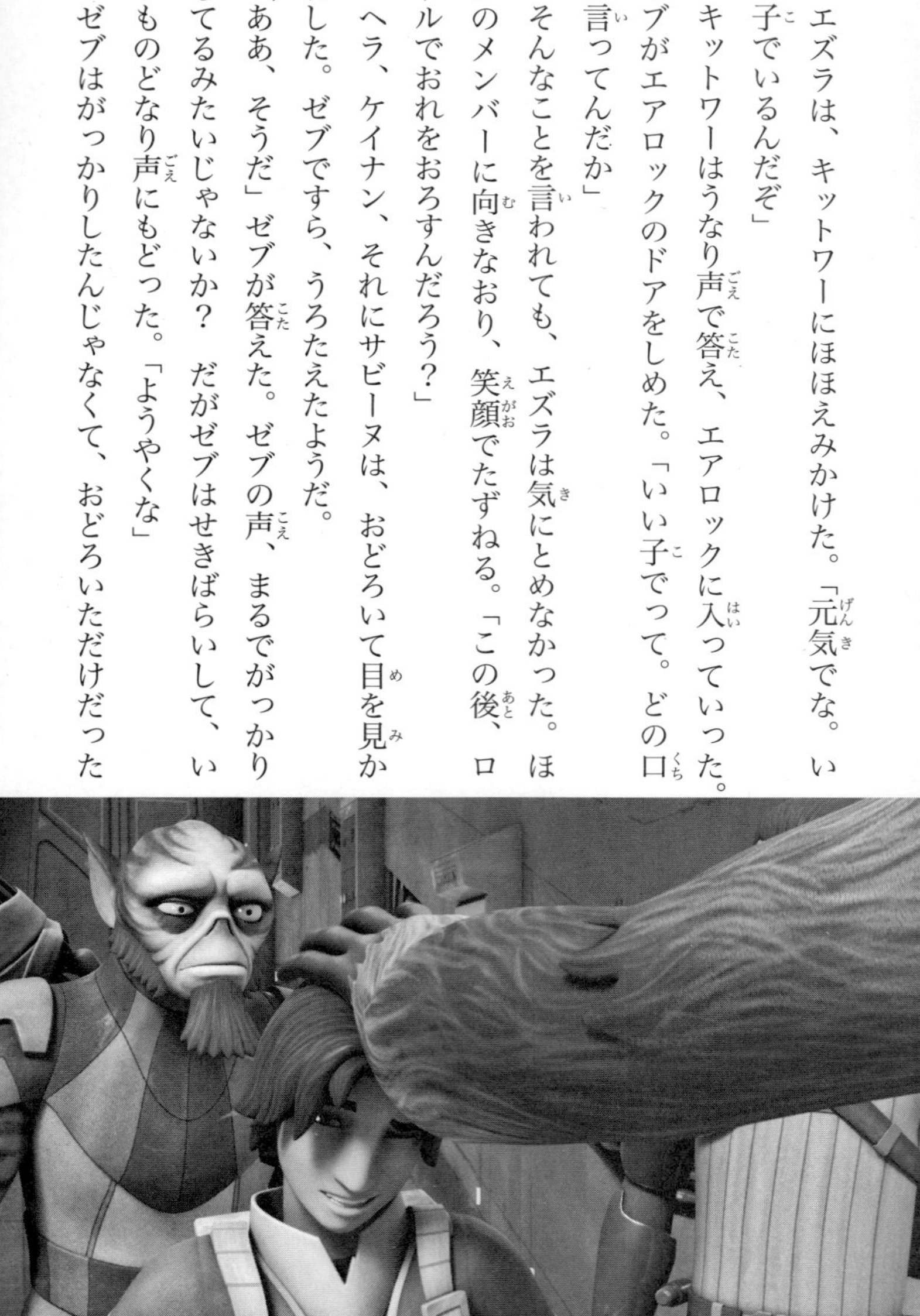

んだろうな。内心では大喜びなんだろう。「ああ」エズラは答えた。

ケイナンのためいきが聞こえたような気がした。だけどいつものように、ケイナンは何も言わなかった。エズラはケイナンにぶつかって、そのすきに、ちょっとしたごほうびをいただくことにした。

「おっと！　失礼」そしてケイナンの返事を聞こうともせず、急いで通路に出た。ケイナンのライトセーバーをかくしもちながら。

ヘラのまわりで、平原の草が、波のようにそよいでいた。
ほかのパイロットたちには聞いてたけど、本当の話だったの

ね。ロザルはまさに、緑の海原そのもの。

ヘラのとなりには、ケイナンが立っていた。かた足を地面にこすりつけながら、ぼんやりと思いにふけっている。自分がジェダイであることを明かしたのは正しい判断よ、とヘラはケイナンに言った。自分がそうあるべき存在、運命づけられた存在になれないなら、帝国と戦う意味なんてある？　わたしたちは反乱者。その事実を恐れちゃいけない。

おどろいたことに、ケイナンはヘラの意見をそのまま受けいれた。もはや、ジェダイであることを取り消すわけにはいかない。おれが気にしているのは、あの少年のことだ。

「あいつには、見こみがあると思ったんだが」ケイナンが言った。

「わたしたちといっしょに活動させるってこと？　あの子は十四歳よ。もうちょっと――」そのとき、ケイナンが何の話をしているかに気づいた。「あの子に修行させたいの？」

「そのつもりだったんだ。ライトセーバーをぬすまれるまではな」

ヘラは目をぱちくりさせた。ジェダイについてはよく知らないが、その生活の大部分は、教えを受けつぐことだと聞いていた。ジェダイは、マスターから弟子へと、教えを受けついでいくものなのだ。ケイナンはマスターに教わっただけで、弟子に教えたことはなかった。けれども、教えることで自分の過去を受けいれられるようになるなら、やってみるべきじゃないだろうか。

「ライトセーバーをとりかえすべきだっただろうか？」ケイナンがたずねた。

「いいえ」そう答えたことに、ヘラは自分でもおどろいた。「あの子自身に、返させなさい。前と同じようにね。自分で決断させるのよ」

ケイナンはまた、足で草をこすりはじめた。「もし、返しにこなかったら？」

「新しいのを作れないの？」ヘラがたずねた。

〈ゴースト〉の貨物ベイから、声が聞こえた。ゼブ、サビーヌ、チョッパーが、そこで自分の仕事をしていたが、その声は、エズラのものだった。「じゃあね、また会えるかな？」

ヘラは昇降口に近づいて、中をのぞいた。サビーヌがチョッパーに油を差しながら、無表情でエズラにうなずいた。本当の気持ちをかくしているのね、とヘラは思った。チョッパーはもっと正直だ。いつものようにうなるのはやめて、やわらかい音をたてた。その音は、悲しげにも聞こえた。

ゼブは運んでいた荷箱をおろして、エズラの腕をこづいた。「おれは会いたくもねえよ」

ヘラには、ゼブはふざけてみせているだけだと分かっていた。エズラはそうとは気づかず、ただ腕をなでて、バックパックのひもをつかみ、昇降口に向かった。「こっちだっておことわりだ」

ヘラはケイナンをひじでつつこうとしたが、ケイナンは姿勢を正し、もはやためらっていなかった。エズラがランプを下りようとしたとき、ケイナンは前に進みでて、声をかけた。「おれに返すものがあるんじゃないか？」

エズラは動きをとめた。おびえた動物みたいに、あわてて逃げていくんじゃないかとヘラは一瞬思ったが、そうはしなかった。エズラはバックパックに手をつっこみ、透明なものを取りだした。ホログラム映像をうつしだす、ジェダイのホロクロンだ。

「銀河のためにがんばって」エズラは、ホロクロンをケイナンに投げた。そしてくるっと向きを変え、遠くに見える通信タワーに向かって、平原を走りだした。

ケイナンは後を追わなかった。走っていくエズラのすがたを、残念そうに見つめている。

ヘラは、ケイナンが手にしたホロクロンを見た。角の部分がずれて、複雑な形になって

いる。「あの子、開けたのね。テストは合格よ」
ヘラはケイナンに視線をうつした。あとは、ケイナンが自分で決めることね。

通信タワーの中は、あらされてはいないようだった。ホロパッドは、パワー連結器やドロイド脳といっしょに、作業台にころがったままだ。修理ドロイドの本体と、シャトルの安定装置の間に、果物が落ちている。何もかも、エズラが立ちさったときのままだった。

しかし、エズラは、部屋の中に入ろうとはしなかった。いちばん新しく手に入れたえものを、バックパックから取りだす。ケイナンのライトセーバーだ。

これは売らない、と決めていた。少なくとも、今のところは。帝国のヘルメットといっしょに、かべにかざったら、見ばえがするだろう。

時間をかけて練習すれば、この剣の使い方をおぼえられるかもしれない。自分の能力にみがきをかけることができるかも。ホロクロンの映像で、〝フォース〟とよばれていた能力だ。

エズラの指が、ライトセーバーをにぎりしめた。急激に直感がよびさまされる。だれかが背後に立った。ふりかえらなくても、それがだれだか分かる。

エズラはケイナンに質問した。答えが知りたくてたまらない質問だ。「フォースって、何？」

「フォースは、いたるところにある。おまえのまわり、体の中。銀河を結び、おまえに力を与えている。でなければ、ホロクロンを開けられなかった」

エズラはふりむいて、ケイナンに向き合った。「それで、

おれに何をしろと？」

ケイナンはタワーの外に立ったまま、答えた。「自分で決めればいい。ぬすんだライトセーバーを、ほかのガラクタ同様、みやげものとしてかざっておくか。おれに返して、いっしょに行くかだ。いっしょに行けば、フォースの使い方を教えよう。ジェダイになるとはどういうことか、学べる」

こんな状況になったとき、エズラはいつも直感にしたがってきた。しかし、今は何も感じない。自分自身で決めなければならないのだ。

「ジェダイはみんな帝国に殺されたと思ってた」エズラは言った。

「全員じゃない」ケイナンははじめて、少しだけ笑みを見せた。

エズラは、手に持ったライトセーバーに視線を落とした。金属の柄、カーブした焦点レンズ、刃を起動させるボタン。ジェダイはひとりひとり、自分のライトセーバーを作るという。もしおれが、ケイナンを信じ、この道を選んだなら、自分のライトセーバーを作れるようになるのだろうか？

目を上げたとき、そこにケイナンのすがたはなかった。

エピローグ

惑星ケッセルをはなれるスター・デストロイヤーの中で、一人のゴーストがもう一人に語りかけていた。

だが、エージェント・カラスはゆうれいではない。ホログラム映像の青い光のせいで顔が青白くなり、ゆうれいのように見えるだけだ。

「重要な報告があります、尋問官。任務遂行の過程で、反乱分子に遭遇したのですが、その一味のリーダーは、ライトセーバーを使っておりました」カラスは、ホログラム映像の相手に向かって語りかけた。

たとえホログラム映像でなかったとしても、尋問官はゆうれいに似ていた。黒ずくめの服装をして、黄色い目をぶきみ

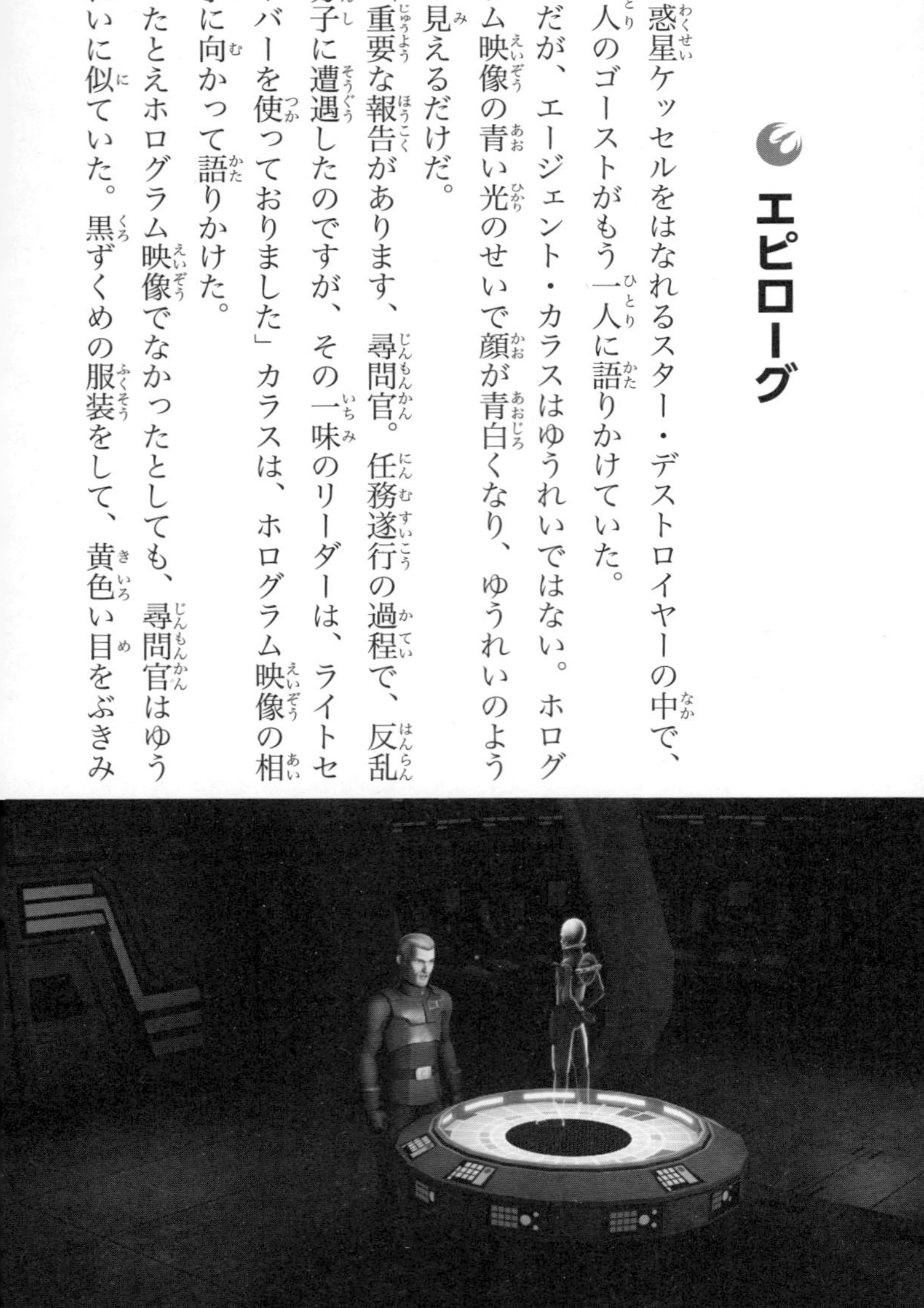

に光らせている。タトゥーの入った顔と、毛のないむきだしの頭は、死体のように白かった。装甲服を着たゆうれいそのものでないとしても、かなり近い存在だといえた。

「ご苦労、エージェント・カラス。よく知らせてくれた」帝国のホロネットを通して聞いても、尋問官の声の邪悪さは失われていない。「では、そのジェダイについて、聞かせてくれたまえ――弟子についても」

カラスは落ちついて報告をした。そして、反乱者たちが適当なさばきを受けるまで、ありとあらゆる星をしらみつぶしにさがすつもりです、と言って、報告を終えた。

ロザルに着陸中の宇宙船の暗い船室で、別のゴーストたちが向かいあっていた。

青あざやケガがあるのは、ベッドに腰かけたケイナンが血肉をそなえている証拠だ。だがケイナンにはそうは思えなかった。戦いで体はつかれはて、体力はつきていた。そして、長い間自分を支配していた恐怖もなくなっていた。

今はジェダイの騎士という新たな責任を負っていたが、それによって、ケイナンは亡霊の領域に足をふみいれていた。かつて、この責任を負っていた者は、ケイナンの師匠や仲間をふくめ、みんな死んでしまった。もうずいぶん前に。

では、おれが最後のジェダイなのか？　帝国に殺されて、新たな亡霊となるまで、あとどのくらい生きられるのだろう？

ジェダイのホロクロンが、ケイナンの前に、いわゆるゴースト映像をうつしだしていた。空中にうかんだ小さなホログラム映像では、ひげをはやした男がしゃべっている。このジェダイがどのように亡くなったのかは知らない。ほかの多くのジェダイがどのように死の運命と出会ったのかも知らない。

「わたしはマスター・オビ＝ワン・ケノービ」ホログラム映像の声が聞こえた。

「残念な報告だ。帝国の邪悪な暗闇に、われわれジェダイも共和国ものみこまれてしまった。これは粛清を生きのびたジェダイへの警告とはげましだ。フォースを……信じよ」

フォースを信じよ。ケイナンはそれを守ってきた。しかし、信じても悩みは消えない。おれが正体を明かしたことで、大事な者たちが傷つくかもしれない。おれは仲間を巻きこんでしまった。帝国は、おれを苦しめるためなら、ためらわずにみんなを傷つけるだろう。

船に乗った仲間たちの存在が感じられた。だれもが習慣どおりに動いているから、見なくても何をしているか分かる。

ゼブはベイで貨物を運んでいる。チョッパーは、レーザー・キャノン砲の回路の修理だ。サビーヌは調理室で青い飲み物を飲み、ヘラはコックピットで休息をとっている。

「聖堂に戻ってはいけない。時代は変わった。今、未来は不確かなものとなった」ホログラム映像の声が続いた。

たしかに、時代は変わった。ジェダイの聖堂も、記憶の中の亡霊となった。新たな生活の中でつなぎあわせるべき、夢の要素のひとつだ。

聖堂にもどるわけにはいかない。いくらそうしたくても。帝国に支配された世界では、かつての聖堂は、かけらも残っていないのだ。帝国は聖堂をあとかたもなく破壊してしまった。

「なによりも、強くあれ」声が続いた。

「全員が試されている。我らの信念、信頼、そして友情が。だが耐え抜かねばならない。耐えればいつか、新しい希望が生まれてくる」

希望。それはすべてのかぎとなる言葉だ。

銀河系の自由がいつか復活するだろうと信じるために、帝国の支配は永久に続くものではなく、フォースのダークサイドが、すべての光を消してしまうことはないと信じるために、希望は必要だ。

ケイナンは信じた。信じなければやっていけない。ほかに選択肢はないのだ。それでも、不安だった。

今の皇帝の支配は、歴史上のどんな圧政ともちがう。もしとめられなければ、帝国は銀河全体を支配するだろう。そうなれば、ケイナンと仲間たちが関わっている戦いは、何世代にもわたる長い戦いになってしまう。

おそらく、史上最大の戦いだ。

「フォースとともにあらんことを」ケノービが最後の言葉を告げると、映像は消え、船室はふたたび暗くなった。

ケイナンはふうっと息をついた。

船室のドアが開き、明かりが入ってきた。光の中に、少年が立っている。エズラは、ライトセーバーを差しだした。

ケイナンは歩いていって、ライトセーバーを受けとり、エズラの肩に手をおいた。エズラはほほえんだ。

以前なら、エズラの年齢では、弟子になるにはおそすぎると見なされただろう。だが、そんな時代は終わった。この子には学ぶべきことがたくさんあるが、それは、おれも同じだ。いっしょに学んでいけばいい。
おれたちみんなが、フォースとともにあらんことを。

訳者あとがき

少年エズラがはじめてのりだした冒険のお話、いかがでしたか。冒険は、この後もまだまだつづきます。エズラは、ケイナンのもとでジェダイの修行をつみながら、帝国を相手にさまざまなミッションをこなしていくのです。新たな友や、「スター・ウォーズ」の映画でおなじみの面々とも出会います。〈ゴースト〉のメンバーの事情もじょじょに語られ、エズラ自身の悲しい過去もやがて明らかになるようです。彼らはどのような運命をたどり、反乱の口火はどうやって広がっていくのでしょうか。つづきのお話も、またおとどけできると思います。

本書、『スター・ウォーズ　反乱者たち①』は、同名の連続アニメ第一話のノベライズです。「スター・ウォーズ」シリーズは、〝遠い昔、はるか彼方の銀河系で〟、つまりわたしたちの銀河系とは時も場所もまったく異なる世界を舞台にくりひろげられる、スケールの大きな物語。一九七七年公開の『スター・ウォーズ』（後にエピソード4と位置づけられます）を皮切りに、六本の映画が製作され、全世界に熱狂的なファンが生まれました。二〇一五年には、待望の最新作となるエピソード7、『スター・ウォーズ　フォースの覚醒』が公開されます。

『反乱者たち』は、映画のエピソード3と4のあいだ、これまで描かれたことのない時代を背景としています。銀河を支配する悪の帝国に対し、抵抗の動きが少しずつめばえた時期にあたり、この五年後には反乱が本格化して、映画のエピソード4のお話がはじまるのです。本書は独立したお話としてじゅうぶん楽しめますが、設定やストーリーは映画とつながっているので、あわせて観るとさらにおもしろいでしょう。

「スター・ウォーズ」の壮大な世界が、ここから広がっていきます。旅だたれるみなさんが、フォースとともにあらんことを！

菊池由美

角川つばさ文庫

菊池由美／訳
大阪府生まれ。旅行会社、教育関係会社などに勤務の後、翻訳の仕事を始める。訳書に『アンドルー・ラング世界童話集』（共訳）、『ハヌカーのあかり』など。ネット上の翻訳サークル「やまねこ翻訳クラブ」スタッフ。

角川つばさ文庫　Cす2-1

スター・ウォーズ　反乱者たち①
反乱の口火

文　ミッシェル・コーギー
訳　菊池由美

2015年2月15日　初版発行

発行者　堀内大示
発行所　株式会社KADOKAWA
〒102-8177　東京都千代田区富士見 2-13-3
03-3238-8521（営業）
http://www.kadokawa.co.jp/
編　集　角川書店
〒102-8078　東京都千代田区富士見 1-8-19
03-3238-8555（編集部）
印　刷　大日本印刷株式会社
製　本　大日本印刷株式会社
装　丁　ムシカゴグラフィクス

© & TM 2015 LUCASFILM LTD.

Printed in Japan
ISBN978-4-04-631477-2　C8297　N.D.C.933　222p　18cm

本書の無断複製（コピー、スキャン、デジタル化等）並びに無断複製物の譲渡及び配信は、著作権法上での例外を除き禁じられています。また、本書を代行業者などの第三者に依頼して複製する行為は、たとえ個人や家庭内での利用であっても一切認められておりません。

落丁・乱丁本は、送料小社負担にて、お取り替えいたします。KADOKAWA読者係までご連絡ください。
（古書店で購入したものについては、お取り替えできません）
電話　049-259-1100（9：00～17：00／土日、祝日、年末年始を除く）
〒354-0041　埼玉県入間郡三芳町藤久保550-1

読者のみなさまからのお便りをお待ちしています。
いただいたお便りは、編集部から著者へおわたしいたします。

角川つばさ文庫発刊のことば

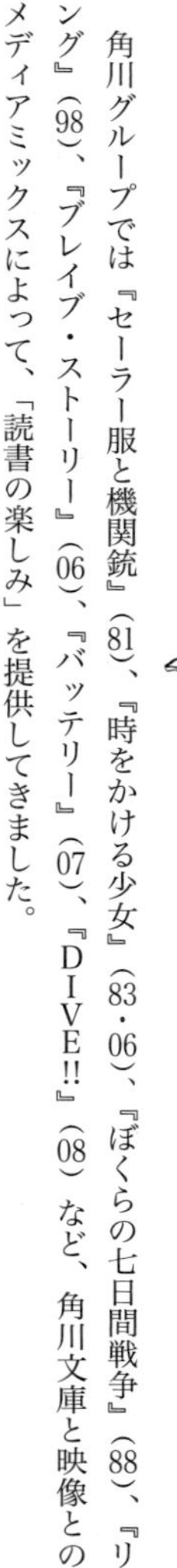

角川グループでは『セーラー服と機関銃』(81)、『時をかける少女』(83・06)、『ぼくらの七日間戦争』(88)、『リング』(98)、『ブレイブ・ストーリー』(06)、『バッテリー』(07)、『DIVE!!』(08)など、角川文庫と映像とのメディアミックスによって、「読書の楽しみ」を提供してきました。

角川文庫創刊60周年を期に、十代の読書体験を調べてみたところ、角川グループの発行するさまざまなジャンルの文庫が、小・中学校でたくさん読まれていることを知りました。

そこで、文庫を読む前のさらに若いみなさんに、スポーツやマンガやゲームと同じように「本を読むこと」を体験してもらいたいと「角川つばさ文庫」をつくりました。

読書は自転車と同じように、最初は少しの練習が必要です。しかし、読んでいく楽しさを知れば、どんな遠くの世界にも自分の速度で出かけることができます。それは、想像力という「つばさ」を手に入れたことにほかなりません。

「角川つばさ文庫」では、読者のみなさんといっしょに成長していける、新しい物語、新しいノンフィクション、角川グループのベストセラー、ライトノベル、ファンタジー、クラシックスなど、はば広いジャンルの物語に出会える「場」を、みなさんとつくっていきたいと考えています。

読んだ人の数だけ生まれる豊かな物語の世界。そこで体験する喜びや悲しみ、くやしさや恐ろしさは、本の世界の出来事ではありますが、みなさんの心を確実にゆさぶり、やがて知となり実となる「種」を残してくれるでしょう。

かつての角川文庫の読者がそうであったように、「角川つばさ文庫」の読者のみなさんが、その「種」から「21世紀のエンタテインメント」をつくっていってくれたなら、こんなにうれしいことはありません。

物語の世界を自分の「つばさ」で自由自在に飛び、自分で未来をきりひらいていってください。

ひらけば、どこへでも。——角川つばさ文庫の願いです。

角川つばさ文庫編集部